不遇職《ふぐうしょく》とバカにされましたが、実際はそれほど悪くありません？ 8

カタナヅキ《KATANADUKI》

Iris
アイリス
レイトを導く
この世界の管理者。
Shizune
シズネ
若くして
剣を極めた“剣聖”。
レイトの実力に興味を
持ち、彼に近付く。
Mina
ミナ
「氷雨《ひさめ》」に所属する
冒険者。
得意武器は槍。

Goblin lord
ゴブリンロード
ダンジョンに棲まう
超難敵。
Reito
レイト
異世界転生し、
王家の跡取りとして
生を受けた青年。
生まれ持った職業が
「不遇職」だったために
追放されてしまう。
Skeleton
謎のガイコツ
ダンジョンに
棲まう謎の骨。
敵か、味方か……。
Main Character
主な登場人物

1

「これが塔《とう》の大迷宮《だいめいきゅう》か……出入口の扉が開いてないけど」

「それはそうよ。そもそもこの扉が開いたところを見た者はいないわ」

「え？　じゃあ、どうやって中に入るの？」

塔の大迷宮前に出来た行列に、レイト、剣聖《けんせい》の少女シズネ、巨人族《ジャイアント》の戦士ゴンゾウ、忍者の少女ハンゾウ、闇魔導士《やみまどうし》のダインが並んでいた。

レイトとシズネが話していると、彼らの前に並ぶ中年男性が二人の話に割って入る。

「おいおい、お前らもしかして大迷宮に挑むのは初めてなのか？　そんな装備で大丈夫か？」

「大丈夫だ。多分《たぶん》、問題ない」

「お、おう……妙に自信ありげだな」

すると彼は、聞いてもいないのに大迷宮の説明を始めた。

「まあ、新人さんには少し助言してやるか。扉の方をよく見てみろよ。五つの大きな水晶《すいしょう》が埋め込まれているだろ？」

「あ、本当だ」

レイトが「遠視《えんし》」と「観察眼《かんさつがん》」のスキルを発動させて扉の様子をうかがうと、確かに扉には五つの翡翠色《ひすいいろ》の水晶が埋め込まれており、その水晶のどれもが一メートルを軽く超えていた。

「あれは大迷宮内に転移させる転移水晶だ。触れて入りたい階層を告げると、一瞬で移動できる。だがな、階層までは指定できるが細かい場所は毎回ランダムなんだ。運が悪ければ、初っ端《しょぱな》から魔物に取り囲まれる危険性もあるから気を付けな」

「へえ、叔母《おば》様の水晶札《クリスタル》みたいな魔道具だな」

水晶を利用して別の場所に移動するというのは、レイトの叔母であるマリアが作り出した水晶札と同じだった。もしかしたら彼女はこの転移水晶を参考にして水晶札を作ったのかもしれない。昔は腕利きの冒険者だったので、大迷宮の存在を知っていてもおかしくはない。

そう考えつつ、レイトは尋ねる。

「水晶が五つあるけど、何か違いがあるの？」

「いや、別にないな。ちなみに、冒険者集団《パーティ》を組んでるなら、転移する時はお互いの身体に触れていれば同じ場所に移動できるぜ」

「随分《ずいぶん》と親切ね。どうしてそこまで教えてくれるの？」

シズネの質問に、男は答える。

「同業者のよしみだ。まあ、他に理由があるとすれば……大迷宮内で簡単に死ぬんじゃねえぞ。あくまでも噂《うわさ》だが、大迷宮の魔物は死体を喰《く》らうことで、亜種や進化種に変異しやすいらしい。だから俺は新人には優しく教えてやるんだよ」

「簡単に死んで魔物の餌《えさ》になってもらっては困る、ということか」

「そういうことだ。まあ、せいぜい頑張りな」

行列の順番が男性の番になった。彼はレイト達に手を振ってから、扉の水晶に手を触れ、威勢《いせい》よく「第三階層!!」と告げる。すると、レイト達の目の前で男性の姿が消え去った。大迷宮の内部に移動したらしい。

「へえ……凄《すご》いな、本当に消えちゃったよ」

驚くレイトにシズネが言う。

「彼の説明に補足するなら、大迷宮に入ったら簡単には出られないわ。まあ、脱出手段がないわけではないけどね。大迷宮内にある転移系の魔道具を使用しなければ脱出できないと考えなさい」

「転移系の魔道具?」

「大迷宮から脱出する方法は二通りしかないの。一つは、大迷宮の各階層のどこかに存在する外界に通じる転移水晶を発見する方法、もう一つは別の魔道具を使用する方法よ」

「別の魔道具というと?」

「魔道具の名前は転移石。別の階層にも外界にも移動できる小型の転移水晶よ。一度使用するか、あるいは外界に出ただけで、消失してしまうわ」

「大迷宮限定の魔道具、ということでござるか」

シズネの説明に、ハンゾウも興味深そうにする。

それからすぐにレイト達の番となった。彼らは転移水晶の前で並ぶ。

初めての挑戦ということもあり、まずは難度が低い階層を選択する。

「第一階層から挑みましょうか。大迷宮には第一階層から第五階層まであるけど、階層が高いほどに危険度が高い魔物や罠《わな》が出るようになるわ。なお、第五階層だけは一気に飛べないわ。第五階層に繋《つな》がる転移水晶は第四階層にしかないらしいわ」

「え、罠まであるのか!?」

「当り前じゃない。今更怖気《おじけ》づいたの？」

「い、いや……ちょっと驚いただけだよ」

驚くダインに、シズネはからかうように笑みを浮かべた。

それからダインは頭を振ってぶつぶつと呟《つぶや》くと、レイトの肩に手を置く。レイトが不思議がっていると、隣にいたシズネもレイトの肩を掴《つか》む。

「さっきの男の話を忘れたの？　移動する時は身体を触れてないといけないのよ」

「あ、そうか。そういえば、どうしてウル達は連れてきたらだめだったの？」

レイトがふと思い出したように尋ねると、シズネが答える。

「この転移水晶は人族にしか使えないのよ。だからウル君達は一緒に移動できないわ」

彼女によると、過去に魔物使いが魔物を連れてこようとして失敗した例があるという。いずれにしても、ウルやスラミン達は連れていけないようだ。

「それじゃあ準備はいいわね？　今回は第三階層まで進むのが目標よ」

「分かった」

「問題ない」

「い、いいよ」

「出発でござる!!」

「まるで遠足気分ね……まあいいわ。第一階層!!」

シズネが移動先を口にした瞬間、転移水晶が光り輝いた。

◆　◆　◆

無事に大迷宮内に移動してきた。

周囲に草原が広がっていることにレイトが戸惑《とまど》っていると、シズネは全員いることを確認して口を開く。

「ようこそ、ここが塔の大迷宮の第一階層よ」

「迷宮内……いや、外の世界じゃないか!!」

「いやダイン、よく見てみろ。俺達は建物の中にいるぞ」

困惑の声を上げるダインに、ゴンゾウが上を指さして告げる。

頭上には、黄土色《おうどいろ》の巨大な天井《てんじょう》が広がっている。更に周囲を確認すると、天井と同じく黄土色の壁に取り囲まれていた。

どうやらレイト達が建物の中にいることは間違いないようだった。しかし、室内にもかかわらず草原が広がっており、川まで流れている。

「どうなってるのでござる⁉　どうして室内に草や川まであるのでござる？」

「ここが大迷宮だからよ。美しい光景に惑わされないで、既《すで》にここは魔物の住処《すみか》よ」

「魔物……あ、本当だ」

ハンゾウとシズネが会話していると、レイトが呟く。

彼が指し示した先には人影がいくつかあった。先に大迷宮に入った冒険者達がゴブリンの群れと戦っているらしい。

「おらぁっ‼」

「ギギィッ‼」

「『フレイムランス』‼」

「ギャアアッ⁉」

若い冒険者達が、ゴブリン達と激しい戦闘を繰り広げている。青年が長刀《ちょうとう》を振るが、ゴブリンは軽快な動作で簡単に回避してしまう。別の場所では、魔術師が火属性の砲撃魔法で別の個体を吹き飛ばしていた。

普通のゴブリンよりも動作が素早く、隙《すき》も少ないようだ。

「あれが大迷宮のゴブリンか。中々良い動きをするな」

「あの冒険者集団はどうやら新人のようね。あんな大振りな攻撃では簡単に読まれてしまうわ」

「た、助けなくていいのか？」

「放っておきなさい。あの程度なら問題はないでしょう。迂闊《うかつ》に他の冒険者を助けるのは控《ひか》えた方が良いわ」

戦闘を観察しながらシズネは周囲を見回し、草原の中央を指さして言う。

「あそこに建物があるでしょう？　転移水晶が設置されているわ。次の階層に進みましょう」

「え、あそこにあるの!?」

「この階層は特に罠も存在しないわ。だけど、その代わりに大量のゴブリンが巣食《すく》っているけどね!!」

「「「ギギィッ!!」」」

言葉を言い終えるのと同時に、シズネは魔剣《まけん》を引き抜く。

十体のゴブリンの群れが接近してきていた。それを確認したレイト、ダイン、ゴンゾウは慌てて戦闘態勢に入る。

まずはダインが先制して攻撃する。

「『シャドウ・スリップ』!!」

「「「ギィアッ!!」」」

「「「ギギィッ!?」」」

ダインの影が鞭《むち》のように変形してゴブリンの足元を払うが、前方を移動していた五体は空中に跳躍して回避した。残りは避けきれずに転倒する。普通のゴブリンよりも速度が高く、反応速度も速いようだ。

「中々素早いでござるな!!」

「ギャウッ!?」

「『乱れ突き』!!」

「「「グギィッ!?」」」

だが、速度に優れた暗殺者のハンゾウが村正丸《むらまさまる》を引き抜いて一体を切り裂き、シズネが残りの四体の急所に、ほぼ同時に刃を突き刺した。

その間にレイトも退魔刀《たいまとう》を構え、倒れている五体に振り下ろす。

「『兜砕き《かぶとくだき》』!!」

「「「ギャアアッ!?」」」

「撃剣《げきけん》」と「兜割り」の戦技《せんぎ》を組み合わせた一撃で、一気に五体のゴブリンを吹き飛ばした。

いくら通常よりも優れた能力を持つゴブリンとはいえ、剣聖と、剣聖に匹敵《ひってき》する実力を持つ三人の敵ではなかった。

その光景を確認したゴンゾウは、自分だけが何もできなかったことに複雑な表情を浮かべる。

「むうっ……出番がなかったか」

「体力の温存ができたじゃない。やっぱり、この階層だと難度が低すぎたわね。次の階層に移動しましょう」

「え、もう⁉」

「でも、その前にゴブリンの死体から経験石《けいけんせき》を回収しておきましょう。『解体』のスキルを所持しているなら手伝いなさい」

「……経験石？」

シズネの言葉に、レイト達は顔を見合わせた。

シズネは短剣を取り出して、倒れているゴブリンの頭部を掴み、額《ひたい》の部分を切り裂く。その内部から赤く光る魔石がこぼれ落ちた。形状は動物の牙《きば》のような形で、付着していた血液が内部に吸収されるように消える。

レイト達は驚くが、シズネは躊躇《ちゅうちょ》なく拾い上げて全員に見せる。

「見るのは初めてかしら？　これが経験石。大迷宮内の全《すべ》ての魔物の体内に存在する、経験値が凝《ぎょう》縮《しゅく》された魔石よ」

「これが？」

「火属性の魔石とは違うのでござるか？」

「外見は似ているけど全《まった》く違う代物ね。これを破壊すれば魔物を倒さずとも経験値が手に入るの。だから、戦闘に向いていない人間に人気があるのよ。魔物と戦う危険を冒《おか》さず経験値を入手できるのだから」

「魔物はそんな物を体内に秘めているのか⁉」

「大迷宮内の魔物だけね。大迷宮に挑む冒険者の殆《ほとん》どは、この魔物から採れる経験石を商人に売って収入源としているわ。回収しておけば良いお金になるのだから」

経験石という見たこともないこともない魔石にレイトが驚いていると、シズネは自分の腰の小袋に入れた。それから彼女は手慣れた手つきで他のゴブリンの死体から経験石を回収すると、今後の戦闘で余裕がある時は経験石を回収するように勧めたのだった。


レイト達は、草原に存在する建物の前に辿《たど》り着く。

その建物は、レイトの予想以上に大きかった。高さは十メートルを超えており、巨人族《ジャイアント》でも通れるように設計されている。

建物の中に入る。

内部には転移水晶が飾られており、シズネによるとこれを利用すれば次の階層に移動できるという。

「この転移水晶では、次の階層、あるいは下の階層、もしくは外界への帰還、その三つに移動できるわ。外界に戻る場合は、地上の出入口に戻れるわね」

「え？　それ説明する必要あるの？　入口の水晶と別に何も変わってないじゃん」

「説明が少し足りなかったわね……ここは第一階層だから第二階層にしか進めないということよ。つまり、一つ分の階層しか移動できないの」

「入口の転移水晶ならそれ以外の階にも行けるってことか。それなら地上に帰還して、別の階層に移動すればいいのでは？」

「それは難しいわね。一度帰還した人間は何故《なぜ》か二十四時間は転移水晶が使えないの」

「便利そうだけど制限もあるわけね」

シズネの説明に納得し、レイト達は身体を触れ合った状態で転移水晶を発動させて、次の階層に移動する。

入口の転移水晶と同じように、一瞬でレイト達の視界の光景が変化した。

◆◆◆

「ここが第二階層？」

「荒野《こうや》……でござるか？」

「ルドリ荒野と少し似ているな」

「ここから先は用心して頂戴《ちょうだい》。本格的に危険な場所に入るわ」

「お、おう……」

レイト達の周囲に広がるのは荒れ果てた荒野であり、生物の気配がしない。

シズネによるとこの階層から危険度が跳ね上がるというが……レイトが試しに「気配感知」と「魔力感知」を発動させると、確かに不穏《ふおん》な気配を感じ取った。

「これは……かなりヤバそうだな」

「拙者《せっしゃ》の『気配感知』も危険な気配をいっぱい感じるでござる」

「声を抑えなさい。この階層の住民に気付かれるわよ」

「もう遅いみたいだぞ」

闘拳《とうけん》を装着したゴンゾウが前方を指さす。全員が視線を向けると、派手な砂煙を上げながら接近する影が見えた。

シズネが魔剣を引き抜く。

「オークよ!!　気を付けなさい!!」

「え、いや、オークって……」

ダインはどうしてシズネが警戒するのか分からずにいた。確かにゴブリンより危険度は高いが、それでも並《なみ》の冒険者ならば討伐《とうばつ》できる相手……

だが、砂煙を巻き上げて近づいてくるオークを見て、ダインは驚きの声を上げる。

「ちょっ……なんだ、あのバカでかいオーク⁉　ゴンゾウ並みに大きいぞ⁉」

「プギィイイイッ‼」

そのオーク達は、巨人族《ジャイアント》級に大きかった。しかも鈍重《どんじゅう》で走るのが遅いはずのオークが、ラグビーの選手のように突進してくる。

レイトは退魔刀を引き抜き、ゴンゾウとハンゾウも武器を構えたが、シズネが彼らを制して言う。

「ここは私に任せなさい。あなた達はそこで見ていて」

「え？」

「この魔剣の力、見せてあげるわ」

七大魔剣の雪月花《せつげっか》を握りしめたシズネは笑みを浮かべながら前に出ると、刃を地面に突き刺す。

直後、前方の地面に氷が張り、突進していたオーク達が足を滑らせて倒れた。

「プギィッ‼」

「『刺突《しとつ》』‼」

「「「おおっ」」」

派手に転倒したオークの頭部にシズネは刃を突き刺し、一瞬にして絶命させる。なお刃を引き抜く際、彼女は額に埋め込まれている経験石を取り出して回収していた。

「まあ、これが私の雪月花の一つ目の能力よ」

「一つ目？　他にも能力があるの？」

「それは後で見せてあげるわ。さあ、今度はあなた達も手伝いなさい」

「え？　手伝うって……」

「「「プギィイイイッ!!」」」

レイトがシズネに聞き返す前にオークの咆哮《ほうこう》が響き渡り、今度は後方から複数のオークが出現した。

その数は五体。丁度《ちょうど》いい具合にレイト達と同じ数だ。

「次は協力して戦うわよ。ダイン、あなたの影魔法で足止めしなさい」

「わ、分かってるよ!!」

ダインが前に乗り出し、まずは影魔法を発動して接近してくるオークに対して放つ。地面に杖を突き刺した瞬間、影が鞭のように、オークの足元を振り払った。

「「プギィッ!!」」

「プギャアッ!?」

「よし!!　三体は転ばせたっ!!」

走ることに集中していたせいか、オークの三体は倒れ、二体がレイト達のもとに向かう。

シズネは微妙に位置的に離れているので迎撃できるのは、ゴンゾウとレイトだけ。二人は同時に走り出す。

「『拳打《けんだ》』!!」

「ブフゥッ!?」

正面から接近してきたオークをゴンゾウが殴りつけ、「迎撃」の技能スキルを発動して相手の突進の勢いを逆に利用して弾き飛ばす。

その隣では、レイトは退魔刀を右手で握りしめながら「重撃剣《じゅうげきけん》」を発動させ、一気に振り下ろす。

「『疾風撃《しっぷうげき》』!!」

「プギィイッ……!?」

退魔刀の刃がオークの胴体を切り裂く。上半身と下半身を一刀両断されたオークはそのまま絶命した。

その光景を確認したハンゾウは二人を飛び越え、まだ完全には立ち上がっていないオークの一体に向けて村正丸を振り落とす。

「『抜刀』!!」

「プギィッ……!?」

「プギャアッ!?」

「ブフゥッ!?」

鞘から引き抜かれた刃がオークの首筋を切り裂き、凄《すさ》まじい量の血が噴き出す。

他の二体が血を浴び、視界が封じられる。

攻撃の好機ではあるが、ハンゾウは後方に引き下がる。彼女の得意とするのは「抜刀」であり、この戦技は鞘《さや》に納めた状態でないと発動できないからだ。

「バトンタッチ!!」

「承知!!」

しかし、彼女の背後には駆け出したレイトの姿があった。

ハンゾウが上空に跳躍すると、目潰しを食らったオークにレイトが退魔刀を振り下ろす。

「『兜砕き』!!」

「ブフゥウウウッ!?」

オークの頭部を粉砕《ふんさい》し、派手な血飛沫《ちしぶき》が周囲に舞い上がる。最後のオークが目を見開き、即座に戦意を取り戻してレイトに両腕を伸ばす。

「ブヒイイイイッ!!」

「させるかっ!!『シャドウ・バイト』!!」

だが、オークの両手がレイトを掴む前に、ダインが杖を突き出すと、影から狼の頭部が現れ、オークの足元に噛《か》みつく。

オークは疲労感に襲われ、膝《ひざ》から崩れ落ちる。

「プヒィッ……!?」

「上出来よ。『乱れ突き』!!」

その隙《すき》に、近づいていたシズネが雪月花を構え、オークに向けて無数の突きを放つ。

オークの急所に的確に刃が突き刺さり、最後の一体は苦痛の声を上げる暇《いとま》もなく絶命した。

「ふうっ……何とかなったな」

「普通のオークよりも手強《てごわ》かったでござる」

「だけど全員が無傷で対処できたわ。この階層までなら特に問題はないかしらね」

シズネは慣れた手つきで死体の額を切り裂き、経験石を回収する。第一階層のゴブリンよりも、オークの経験石の方が換金の値段が高いらしい。

レイトも彼女に倣《なら》って「解体」の技能スキルでオークの頭部から経験石を抜き取った。ついでに素材の回収をしようとしたが、シズネに止められる。

「レイト、あなた何をしようとしてるの？」

「え？　いや、毛皮を剥《は》ごうとしてるんだけど……」

「やめておきなさい。今日は大迷宮を進むことだけに集中しましょう。素材の回収は別の日にしておきなさい」

「何でだよ？　このオークの素材なら高値で買い取ってくれるかもしれないじゃん」

「そうね。だけど、今は大迷宮に慣れておかないと危険よ。普段の通りにのんびり採取なんてしてると痛い目を見るわよ」

「分かったよ……勿体《もったい》ないな」

ウルがいれば喜んでオークの肉に食らいついただろうな。そう思いつつ、ここは大迷宮の経験者であるシズネに従って、レイト達は先を急ぐ。


今回の荒野も道らしきものは存在せず、第一階層の草原のように、簡単に次の階層に通じる建物を発見した。

「あ、おい見ろよ!! あそこにあの建物があるぞ!!」

「本当だ。呆気《あっけ》なく見つかったな」

「今のところは順調ね」

第一階層で発見したのと同じ外見の建物があった。

それからレイト達は、他の魔物と遭遇することもなく、転移水晶が設置されている台座まで辿り着いた。

「どうする? 次の階層に行く前に少し休憩する?」

「私は問題ないけど、他の人はどう?」

「俺は問題ない」

「拙者も平気でござる」

「僕もまだ平気だよ。魔力回復薬もさっき飲んだし、魔力も十分に回復したよ」

全員の返答を受け、レイトは転移水晶の前に移動した。そして、次の階層へ移動する前に、アイリスと交信できないか試す。

『アイリス』

普段なら即座に返事が来るはずだが、何も起きなかった。

唐突に立ち止まったレイトに、仲間達は不思議そうにする。しかし、レイトは何事もなかったかのように転移水晶に触れた。

「……第三階層」

◆◆◆

言葉を告げた瞬間、第一階層から第二階層に移動した時のように一瞬で転移した。

直後、彼らの身体に大量の砂が襲いかかる。

「ぶはぁっ!?　な、何でござるか!?」

「す、砂ぁっ!?」

「くっ……!?」

「落ち着きなさい!!　全員、離れないで!!」

全員混乱する中、レイトは咄嗟《とっさ》に掌《てのひら》を地面に押しつけ、「土塊《どかい》」の魔法で周囲の土を操作して壁を作り上げた。

が、すぐ崩れてしまう。地面が砂であることに気付いた。

「……砂漠《さばく》⁉」

薄く開いた瞼《まぶた》の隙間《すきま》から周囲をうかがう。自分達が今立っているのは、砂漠のように大量の砂で覆われた地面で、砂丘《さきゅう》まで存在することを改めて認識した。

第三階層は砂漠の階層らしい。しかも激しい砂嵐が常に襲ってくる。

「ぶはぁっ⁉　こ、このままじゃ……」

「落ち着きなさい‼　レイト、あなたは『心眼《しんがん》』を使えるわね？　皆を一か所に集めなさいっ‼」

「分かった」

「拙者もできるでござる‼」

シズネの言葉に、レイトは視覚は頼れないと察し、「心眼」の技能スキルを発動させて視覚以外の感覚で周囲をうかがう。ハンゾウとシズネも彼と同様に「心眼」を扱えるため、顔を手で覆っているゴンゾウとダインを引き寄せて一か所に集まった。

「ここからどうすればいい？」

「この階層には休憩地点《スポット》があるはずよ。建物を探しなさい」

「建物って言われても……この視界じゃ何も見えないよ‼」

「あなた達はしっかりと付いてきなさい‼　探索は私達がするわ‼」

「すまん……」

砂嵐が激しすぎて普通の人間には何も見えない。「心眼」を習得していなければ周囲の状況を把握できないだろう。ゴンゾウとダインは、レイト、シズネ、ハンゾウから離れないように手を繋いで移動した。

「シズネ殿!!　あちらの方に建物があるでござる!!　拙者の『気配感知』には何も反応しないでござる!!」

「方角は!?」

「拙者が先導するでござる!!」

ハンゾウが先を進み、彼女が発見した建物に向けて移動する。

このような状況では感知系の能力に優れている暗殺者のハンゾウが有利だ。数分後にはレイト達は岩山を発見した。

ハンゾウは建物と判断したが、実際は岩山の洞窟《どうくつ》だった。

彼女の誘導で中に入る。

「た、助かった……!!　死ぬかと思ったよ!!」

「ここは……どうやら休憩地点《スポット》で間違いないわね」

「え？　ここが？」

砂嵐から逃れ、ようやく身体を休ませることができたレイト達。服に付いた大量の砂を振り払っていると、シズネが洞窟を見渡して頷く（ちなみに、洞窟の中を照らすためにレイトが「光球《こうきゅう》」の魔法を発動させていた）。

「ここの壁をよく見てみなさい。魔物除《よ》けの魔法陣が刻まれているわ」

「あ、本当だ。何か紋様《もんよう》みたいなのがある」

「それに、この洞窟に入った瞬間に静かになったでしょう？　この岩山自体が巨大な結界石のようになっていて、魔物を寄せつけないだけでなく、砂、風、音さえも遮断《しゃだん》しているのよ」

「言われてみれば……本当に静かだな」

確かに洞窟に入って早々に、外が砂嵐に襲われているにもかかわらず、洞窟内はシンと静かになり、砂も風も入ってこなかった。なお、シズネの言う通り洞窟内には無数の魔法陣があり、魔物の気配はない。

「ここが休憩地点《スポット》……大迷宮でも安全地帯なのか」

「運が良かったわ。ハンゾウ、あなたの手柄《てがら》よ」

「そう言われると照れるでござる」

「いや、言っている場合か!?　こんな砂嵐の中でどうやって進めっていうんだよ!!」

シズネに褒められ、ハンゾウが照れ臭そうに頭を掻く横で、ダインは洞窟の外を指さした。

確かに彼の言葉通り、洞窟の外で砂嵐が発生している以上、まともに移動することもできないだろう。

「そもそも何で建物の中で砂嵐なんか起きてるんだよ!!」

「それを言ったら、建物中に草原や荒野がある時点でおかしな話よ」

「いや、それはそうだけどさ……」

「大迷宮で起きる事象はあまり深く考えない方がいいわ。大丈夫、この砂嵐は一定の期間を過ぎれば必ずやむはずよ。私も昔、別の大迷宮で似たような環境を経験したことがあるわ」

「とんでもない所だな……」

洞窟内にいる限りは安全だが、砂嵐が発生している以上は外に出ることはできない。そんなわけで、レイト達はここで休憩することにした。幸い洞窟の中は暑くも寒くもなく、過ごしやすい温度に保たれており、正に休憩地点《スポット》に相応《ふさわ》しい場所だった。

「この階層のどこかに転移水晶が存在するのか……見つけるのは苦労しそうだな」

「この砂嵐の影響で、転移水晶が存在する建物そのものが覆い隠されているようね。ここから先はより一層に用心して進みましょう」

そこへ、洞窟の最深部に行っていたハンゾウの声が響き渡った。

「シ、シズネ殿!! 洞窟の奥に温泉があるでござる!!」

「何っ!? それは本当か!?」

レイト達が慌てて駆けつけると、彼女の言葉通りに洞窟の奥には広大な空間があり、そこには緑色の温泉が広がっていた。

いつも冷静なシズネも流石《さすが》に驚いているらしい。掌をかざし、用心しながらも「観察眼」の能力を発動して温泉の様子を探《さぐ》る。

「これは……入っても大丈夫なのかしら？　罠だとは考えにくいけど……」

「休憩地点《スポット》に罠が仕掛けられることもあるの？」

「いえ、それはないわ。少なくとも私が訪れた休憩地点《スポット》にはこんな温泉のような物はなかったけど……」

「これ……もしかして緑薬湯《りょくやくゆ》じゃないのか？　自然に発生しているのなんて初めて見た!!」

「知っているのか、ダイン？」

シズネが温泉を慎重に調べていると、その隣でダインは躊躇なく手を温泉に入れ、湯加減を確かめながら言う。

「何だよ、皆知らないのか!?　緑薬湯だよ、緑薬湯!!　回復薬の原料となるいくつかの薬草を混ぜたお湯のことだよ!!　僕も天然物は初めて見たよ!!」

「薬草を入浴剤代わりに使ったお風呂みたいな物？　随分と豪勢な使い方をするな……」

「そういえば、湯の底の方に緑色の花のような物が沈んでるけど、あれがもしかして薬草なのかしら？」

緑薬湯の底には、見たこともない植物が生《お》い茂《しげ》っていた。この薬草が影響したのか、緑薬湯が自然発生しているらしい。

「緑薬湯は普通の回復薬と違って即効性はないけど、浸《つ》かり続けることで怪我《けが》や疲労の回復効果があるんだ。だから貴族が好んで風呂の時に専門家に頼んで作らせたりもするよ」

「へえ……よく知ってるね、ダイン」

「え、いや……ま、まあね」

「……？」

レイトの言葉に、何故かダインが焦ったような声を上げた。

それはさておき、体を休ませるには絶好の場所ということで、レイト達はありがたく緑薬湯に入ることになった。


「気持ちいいでござるな～。足湯など、久しぶりでござる」

「身体の一部を浸からせているだけでも効果があるなんて素晴らしいわね。私の家ではどうして作らなかったのかしら……」

「ふうっ……癒《いや》されるな」

「僕も久々だからな……やっぱり気持ちいいや」

「こんな状況じゃないとゆっくり味わえないよね」

裸で入るわけにはいかないので足湯だけで済ませ、今までの疲労を癒す。なんだかんだ、大迷宮も半分まで到達しており、残りは第四階層と最上階の第五階層のみである。

「そういえば、この階層は本当ならどんな魔物が現れるの？」

「岩人形《ゴーレム》よ。しかも普通の岩人形ではないわ、砂人形《サンド・ゴーレム》が現れるのよ。今のところは遭遇していないから助かったけど」

「砂人形？」

砂でできた岩人形だと想像できるが、シズネらしくない弱気な発言である。レイトはそう疑問を抱き、彼女に質問しようとすると、先にダインが答えた。

「砂人形は言葉通りに砂だけでできた岩人形だよ。普通の岩人形と違う点は、物理攻撃の効果がないんだよ」

「え？　攻撃が効かないのでござるか⁉」

「正確に言えば、どんな武器も通用しないんだよ。剣だろうが、槍《やり》だろうが、斧《おの》だろうとあいつらの肉体は砂だから、ダメージを与えられないんだよ。しかも再生速度が尋常じゃない。砂がある場所なら、核を破壊しない限り、何度でも復活する厄介《やっかい》な奴だよ」

「弱点は魔法ね。特に水属性の魔法が効果的よ。他の岩人形と同様、水や氷を苦手としているから私の雪月花にとっては最高に相性がいい敵ね」

ダインとシズネの説明によると、砂人形は、水属性で攻撃できる人間でなければ難しい相手らしい。水属性の精霊魔法を扱えるコトミンがいれば心強いが……大量の水が必要なので必ずしも役に立つとは限らない、とレイトはふと考えた。

「この第三階層は、本当の砂漠のように階層全体が熱気に包まれているわ。だから多くの水を所持していなければ脱水症状で倒れてしまうし、砂人形は水の攻撃手段がなければ倒せない。だからこそ、塔の大迷宮の中でも難度が高い階層だと言われているの」

「それで、出発前に余分に水を用意しておくようにと言っていたのか」

「この緑薬湯も持っていきましょう。流石に飲み水としては使えないけど、砂人形との戦闘で使う機会があるかもしれないわ」

シズネの提案にレイトは賛成し、持ち物の中から容器になりそうな道具を探す。ここでレイトはあることに気付く。

「ねえ、ダイン。さっき、天然物の緑薬湯は初めて見たと言ってたよね」

「え？　何だよ急に……それがどうかしたの？」

「でもさ、この大迷宮自体が人工物じゃない？　そして大迷宮に存在するこの休憩地点《スポット》も人間の手で作り出したと考えたら、自然の物とは言えなくない？」

「あっ」

「言われてみれば……確かにその通りね」

何となく覚えていた違和感に、レイトは緑薬湯に視線を向ける。この温泉自体、人間の手で作り出した物——だとすれば、調べればこの緑薬湯がどのような原理で作り出されているのか分かるのではないか。

「秘密があるとすればこの底の方にある植物だよね。ちょっと採ってみようかな。引き抜いてみたら樹精霊《じゅせいれい》が出てきたりして」

「いや、それただのマンドラゴラじゃん」

レイトは緑薬湯の中に手を伸ばし、底に生えている植物を引き抜こうとする。だが力を加えても引き抜くことができない。

「う〜んっ……!!　抜けないや、どうしよう」

「ちょっと退《ど》いてくれ」

続いて、ゴンゾウが緑薬湯の中に手を伸ばし、植物を引き抜こうとする。だが、彼の力でもどうしようもできなかった。

「これは俺でも無理だな……すまん」

「いや、謝らなくていいよ。この植物を持ち帰って栽培すれば緑薬湯も作れるのかなと思っただけだし……」

「巨人族《ジャイアント》の力でも引き抜けないとなると、地中深くに根を張っているのか、あるいは特別な仕掛けが施《ほどこ》されているのかしら？」

「よし、こういう時こそダインの影魔法の出番だ。『シャドウ・バインド』で引き抜いてよ」

「いや、僕の魔法はそこまで万能じゃないから!!」

緑薬湯の底に沈んでいた薬草は、水中に根づいていると思って間違いない。それどころか、ゴンゾウでも引き抜けないほどしっかり根づいているらしい。魔法の力で引き抜けないかと考えたが、あまり刺激を与えるのもよくないだろう。

「そろそろ進みましょうか。砂嵐もやんだようね」

「シズネはこの塔の大迷宮に入ったことはあるんだよね？」

「ええ、だけど私は第四階層までだし、この第三階層にこんな休憩地点《スポット》があるなんて知らなかったわ。大迷宮を体験しているからといって全てを把握しているわけではなくて……」

◆　◆　◆

その後、十分に身体を休ませたレイト達が外に赴《おもむ》くと――砂嵐がやんだことで砂塵に襲われることはなくなったが、異様な熱気が広がっていた。

「うわ、暑い……こんな格好じゃ火傷《やけど》するよ」

「この暑さは異常でござる……それに、天井に太陽のような大きな光石《こうせき》が埋め込まれているから、眩《まぶ》しいでござるよ」

「コトミンがいたら焼き魚になっていたかも」

「完全な魚扱いはやめてあげなさいよ……私も暑いのは苦手よ」

人魚族《マーメイド》は、熱に対して普通の人間よりも耐性がない。シズネも人魚族《マーメイド》の血が半分ほど流れているので熱に弱かった。即座に水筒を取り出して、水分を補給する。

「砂丘が多くて遠くが見えないな……どこに転移水晶があるのか分かる？」

「残念だけど私にも分からないわ。砂丘なんて見分けがつかないし、砂嵐で簡単に地形が変わるから、昔訪れた時の記憶なんて当てにならないわ」

「ここの階層にも第一階層と第二階層と同じ建物が存在するの？」

「ええ、それは間違いないわ。転移水晶は必ずあの建物にあるはずだけど……」

「じゃあ、ちょっと見てくる」

レイトは足元を確認し、砂では足を取られると考えた。そのため「跳躍」のスキルは上手く発動できないが「氷塊」の魔法で足場を作り出す。

「『氷塊』、からのとうっ!!」

「普通に跳びなさいよ……」

「氷塊」の円盤を作り出して上に乗ると、勢いよく「跳躍」をし、上空から様子をうかがう。高度が足りなかったので、更に「氷塊」の魔法で新たな足場を作り出す。

だが、天井に近づくほどに熱気が強まり、肉体の限界と思われた。その高さまで移動すると、彼は「遠視」と「観察眼」のスキルを発動して周囲の様子をうかがう。

「岩山とかはあるけど……あの建物は見えないな。砂嵐で埋もれたのかな？」

転移水晶がある建物は特徴的な形状をしている。見晴らしの良い砂漠ならば簡単に見つかると思ったのだが、それらしき建物はない。

アイリスと交信できれば正確な位置を把握できるが、この大迷宮では彼女の力を借りることはできない。それはさっき試してある。

「思ったより厄介な場所だな。敵の姿も見えないし、どうやって進もう」

改めて、アイリスのありがたみを思い知るレイト。しかし悩んでいてもしょうがないので、「氷塊」の魔法を解除して地上に降り立った。

降りてきたレイトのもとに全員が集まる。彼の表情から収穫はなかったことは分かったが、念のためシズネが問い質《ただ》す。

「どうだったの？」

「だめ、それらしい建物はなかった。他に特に目立つような物もなかったし……」

「そう……ということは砂に埋もれていると考えるべきね」

「シズネが前に来た時は、建物は普通にあったの？」

「前の時は、私が転移してきた場所が既に建物の前だったわ。今考えると相当な幸運だったのね」

今までの階層では簡単に発見していた分、皆焦っていた。そんな中、レイトは冷静にこれまでのことを思い返し、ある結論に辿り着く。

「あのさ……今までの階層にあった転移水晶、だいたい階層の中央にあったよね？」

「そうなのか？　俺は気にしていなかったが……」

「言われてみれば確かに……」

「ならさ、この階層の転移水晶も、中央の方に存在したりとかは考えられない？」

「可能性はあるわね。他に手掛かりがない以上、その考えに賭《か》けるしかないわね」

レイトの考えに全員が納得し、まずは第三階層の中央部に向かう。


移動距離自体はそれほどないはずだが、いくつもの砂丘を乗り越えねばならず、熱気の影響も重なって体力を消耗《しょうもう》していった。

「はあっ、はあっ……暑い!!」

「傍《そば》で怒鳴《どな》らないでほしいでござる……拙者、『聴覚強化』のスキルも持っているから余計にうるさいでござる」

「くっ……足が沈む」

「喉が渇《かわ》いたら躊躇せずに水分を補給しなさい」

「氷が欲しい人は『氷塊』で出してあげるよ～」

「「お願いします!!」」

砂漠を徒歩で移動するのは、予想以上に体力を消耗した。

似たような風景が続くので距離感が掴めず、定期的に上空から位置を確かめないとならない。そのために余計な時間がかかってしまう。

レイトの「氷塊」で生み出した氷で身体を冷ましながら移動する。

「ふうっ……は、半分ぐらいは移動したかな？」

「まだ三分の一ぐらいでござる」

「そんなに遠いのか？」

「あまり話をしながら移動しない方がいいわ。体力を温存しないとだめよ」

「「………」」

レイト達は黙々と先を急ぐ。「氷塊」の魔法で体温を下げるが、それでも人魚族《マーメイド》の血が流れるシズネには厳しい環境だった。

彼女は頭を押さえて先頭を進む。

「シズネ、ちょっと移動が速いよ。皆が付いていけないよ」

「そ、そうね……うっ」

「シズネ!?」

「大丈夫か!?」

すると、シズネが立ち眩《くら》みを起こして、膝《ひざ》から崩れ落ちてしまう。

そんな彼女を、レイトが慌てて支える。

レイトは、彼女が驚くほど軽いことに気付く。意識はあるが脱水症状を起こしているらしく、慌てて水筒の水を飲ませる。

「ほら、これを飲んで……」

「ごめんなさい……この階層にあまり長くいたことがないから油断していたわ」

「俺が担《かつ》ごう」

「へ、平気よ……くうっ」

「無茶はだめでござるよ!!」

シズネにゴンゾウが背中を貸そうとするが、それを断って彼女は歩き出そうとする。

しかし数歩ほどで再び倒れ、今度はハンゾウが彼女を支えた。

「ちょっと休憩しないとだめだな……近くに日陰になりそうな場所はある?」

「それならあそこに岩山があるけど……」

「そこにしよう。俺の能力で洞窟を作り出すから」

レイトの「形状高速変化」の能力を使用すれば、岩山の岩壁を変形させて洞窟を作り出すことも可能だ。

みんなでシズネを支えながら岩山に向かう。

だが、途中で何かに気付いたようにハンゾウが立ち止まる。

「この気配は……!?　敵でござる!!」

「敵⁉」

「か、数は……⁉」

「三つ、いや四つでござる‼」

ハンゾウの言葉に全員が戦闘態勢に入り、レイトはシズネに肩を貸しながら周囲の様子をうかがう。見た限りでは別に異変ないが、「観察眼」を発動させると、地面に異変が起きていることに気付く。

「あれは……⁉」

「下から来るぞ‼」

「ウゴォオオオ……」

蟻地獄《ありじごく》のごとく地面が陥没《かんぼつ》していき、中心から人間の両腕のような砂が盛り上がった。

やがてレイト達の目の前に、人の形をした砂の物体が現れた。砂人形である。シズネは即座に雪月花を引き抜こうとするが、それをレイトが止める。

「そんな状態じゃ戦えないだろ。ここは俺達に任せろ」

「だけど……」

「いいから俺達を信じて‼」

「……分かったわ」

レイトの言葉にシズネは申し訳なさそうに頷く。

彼女の力を借りられない以上は、四人で対応するしかない。数の上では互角だが、砂人形は体長が二メートルを超え。ゴンゾウ以外は体格負けしていた。

「ダイン!!　いつもの!!」

「分かってるよ!!　『シャドウ・バインド』!!」

「オオオオッ……!?」

ダインの影が鞭のように放たれ、接近してくる砂人形に打つ。通常ならどんな巨体でも転がせる技だが、砂人形に意外な結果を生み出す。

影に打たれた砂人形達は、足元から崩れ落ちた。

「えっ!?」

「倒した……？」

「いや、まだだ!!」

「オオオオオッ……!!」

あっさりと崩れた砂人形達に、ダインとゴンゾウは呆気に取られるが、崩れ去った砂が即座に集まり、元の形に戻ってしまう。

再生能力が早く、核を破壊しない限りは何度でも復活するだろう。

「ゴァアアアッ!!」

「ぬおっ!?」

「ゴンちゃん!!」

一番近くにいたゴンゾウに向けて、三体の砂人形が接近、彼に覆い被さろうとする。ゴンゾウは咄嗟に闘拳を装着して両手を突き出すが、砂人形の肉体を貫通してしまう。

「ゴァアアアッ!!」

「うおおっ!?」

「ゴンゾウ殿!!」

ゴンゾウの肉体に纏《まと》わりついた三体の砂人形の足元で流砂《りゅうさ》が発生。ゴンゾウを地面に呑《の》み込もうとする。ゴンゾウは必死に振り払おうとするが、砂人形には攻撃が通じない。砂の肉体は崩れても即座に再生するのだ。

ハンゾウが咄嗟に砂人形の肉体にクナイを放つが、貫通するのみ。動作を鈍《にぶ》らせる程度の効果しか与えられなかった。

「くそっ!!　ダイン!!」

「わ、分かってるよ!!　『シャドウ・バインド』!!」

「ぬおっ!?」

ダインが敵ではなく、ゴンゾウに向けて影魔法を放った。そうして流砂で呑み込まれようとするゴンゾウを引き上げた。

影を縄代わりにしてゴンゾウを救い出し、三体の砂人形を振り払ったのだ。

「おおっ!!　影魔法にはこのような使い方もあったのでござるか!?」

「僕の影魔法を馬鹿にするなよ!!　このまま……『シャドウ・バイト』!!」

「ゴオッ……!?」

無事にゴンゾウを引き上げたダインは、砂人形に向けて黒色の狼の影を放つ。だが、砂人形に噛みつくことはできず、身体を通過してしまった。

レイトはシズネを地面に座らせると、そのまま走り出した。

「『氷装剣《ひょうそうけん》』!!　それと『付与強化』!!」

左手に「氷塊」の長剣、そして右手で退魔刀を引き抜いて、刃に水属性の魔力を送り込んで魔法剣を発動、砂人形に向けて振りかざした。

事前の情報では、砂人形も他の岩人形と同様に水属性が弱点であるとのことだったが……

レイトは戦技を発動させた。

「『旋風《せんぷう》』!!」

「ゴラァッ……!?」

「効いたっ!?」

レイトの振りかざした「氷装剣」の刃が砂人形に衝突した瞬間、水分に触れた砂が氷結し、砂の肉体が固まっていく。

砂人形の肉体が変色した。

「『疾風撃《しっぷうげき》』!!」

「ゴアアッ……⁉」

「やった!!」

右手に「重撃剣《じゅうげきけん》」を発動させ、レイトは退魔刀を片手で振り抜いて、砂人形の肉体を吹き飛ばす。

地面に砕けた砂人形の破片が散らばり、その砕けた破片は生き物のように蠢《うごめ》いていた。

「アアアアアアッ……!!」

「うわ、気持ち悪い……退けっ!!」

「ゴオオッ……」

接近してきた別の砂人形にレイトは両手の剣を振ると、他の個体は恐れたように距離を取った。

その隙に、ハンゾウがバラバラになった砂人形の頭部に刃を突き刺す。

「……ここっ!!」

「ゴガァッ⁉」

ハンゾウが突き刺した瞬間、硝子《ガラス》が割れるような音が響き渡り、蠢いていた砂人形の破片が停止して崩れ去った。

ハンゾウが刀を引き抜くと、その刃先には経験石が突き刺さっていた。どうやら経験石を破壊したことで砂人形が死亡したらしい。

「す、砂人形は岩人形のように核を破壊すれば倒せるわ!! そしてこいつらの核は必ず頭部にあるはずよ!!」

「頭か……よし、まずは俺が全員固めるから皆は核を狙って!!」

「分かった!!」

「承知!!」

「ぼ、僕も!?」

「あ、えっと……ダインはシズネの面倒を見てて!!」

レイトはそう言うと、三体の砂人形に向けて掌を構え、複数の氷の刃を空中に生み出し、「命中」のスキルを利用して砂人形の肉体に放つ。

「『氷刃弾《アイスエッジ》』!!」

「ゴアアアッ……!?」

氷の刃が砂人形の肉体に衝突した瞬間、身体全体に冷気が迸《ほとばし》った。そうして全身が泥のような色に変わり、肉体が固まったことで動作は鈍くなる。

「ゴオオッ!!」

「おおうっ!?」

「気を付けてっ!! 固まらせた分、そいつらの攻撃力も上がっているわよ!!」

砂人形は固まった肉体を利用し、通常の岩人形にも負けぬ怪力で腕を振り下ろそうとする。しかし、攻撃力が上がった分、動作は遅い。

「『兜砕き』!!」

「ゴハァッ!?」

砂人形の攻撃を躱《かわ》し、相手の攻撃を利用し、更に「迎撃」のスキルを発動させるレイト。そうして攻撃力を上昇させると、上段から振り下ろして砂人形を粉々に打ち砕いた。

肉体を固めたといっても岩人形を下回る硬度。レイトの大剣なら十分に破壊することは先ほどの個体でも証明済みである。

地面に砕けた泥とともに、核の破片が散らばる。

それを確認した残り二人もレイトの後に続く。

「『明鏡止水《めいきょうしすい》』……『抜刀』!!」

「ゴガァッ!?」

「『拳打』!!」

「ゴハァッ!?」

集中力を高めた一撃でハンゾウは見事に砂人形の頭部に存在する核を切り裂き、ゴンゾウは拳を顔面に叩きつけて頭ごと吹き飛ばすのだった。

全ての砂人形を打ち倒すことに成功したレイト達は安堵《あんど》すると、地面に落ちた経験石の破片を拾い上げる。

「あ〜あっ……粉々に砕けちゃったよ」

「この状態だと換金してくれないのでござろうか？」

「流石にその状態では無理ね……破片をよく見てみなさい。透明な硝子のように色を失っているでしょう？　その状態は経験石の役割を失ったことを示しているのよ」

「あ、本当だ」

ダインに肩を貸してもらったシズネが説明したように、確かに三人が倒した砂人形の経験石は全て色を失っていた。砂人形はその性質上、倒しても経験石の回収は不可能のようだ。

「シズネの身体はどう？」

「熱い場所にいるせいかと思ったけど、尋常じゃないほど身体が熱い。さっきから水を飲ませているんだけど全然熱が収まらない……ど、どうすればいい？」

「大丈夫よ。少し休めば……動けるようになるわ」

「無理するなよ」

シズネの顔色は赤い。長時間熱気に晒《さら》された影響だろう、彼女は弱りきっていた。

レイトは布を地面に敷いてシズネを横たわらせ、彼女の肉体を冷やそうと、両手で「付与強化」の魔法を発動。水属性の魔力を流し込んだ。

「どう？　少しは楽になった？」

「え、ええっ……ありがとう。大分《だいぶ》楽になったわ」

「それなら良かった」

「……ちょっと、顔が近いわよ」

レイトは両手でシズネの頬に触れていた。身体が熱いだけなのか、それとも照れくさいのか、頬を赤くさせて顔を逸らそうとするシズネ。

レイトは彼女の身体を冷やすため、顔以外の部分にも両手を当てる。

「今度は背中を冷やすよ。悪いけど、少し服をはだけて」

「ちょっ……本気で言ってるの？」

「本気だよ。ほら、ダインとゴンゾウは目を逸らして!!　ハンゾウも手伝ってよ!!」

「りょ、了解したでござる」

「す、すまん」

「わ、分かったよ!!」

今度はシズネの背中を露出させて、レイトは両手を押し当て、水属性の魔力を流し込む。

ハンゾウは、間違ってもシズネが恥ずかしいと思う姿を晒さないように気を配り、ゴンゾウとダインは他に砂人形が存在しないのかを見張っていた。

「ふうっ……これぐらいでいいかな。どう？」

「ええ……ありがとう。本当に助かったわ」

恥ずかしそうにシズネは服を正した。そして、自分の身体が驚くほどに回復したことに気付いた。

だが、背中とはいえ、あられもない姿を晒したことを後悔していた。

レイトはそんなことは気にせず、汗を拭いながら岩山に視線を向ける。

「念のためにもう少し休んでおこうか。他の皆も疲れてるだろうし、あそこで休もう」

「あそこで休もうって……あんな小さな日陰で身体を休めるの？　そりゃ直射日光よりはましだろうけど、こうも熱いと日陰に入ってもあんまり意味ないんじゃないの？」

「大丈夫、洞窟を作り出すから」

「ど、洞窟？　どういう意味だ？」

「見てれば分かるよ」

全員の目の前でレイトは岩山に手を伸ばす。

但《ただ》し、熱を帯びた岩壁に掌を直接当てるのは危険と判断し、先ほどのシズネを治療した時の要領で、掌から水属性の魔力を放出しながら岩壁に「形状高速変化」を発動させる。

掌を押し当てた岩壁が、まるで粘土のように簡単に変形していく。

「ふんぬらばっ!!」

「「おおっ!?」」

「……嘘でしょう？」

レイトが両手を押し込むだけで岩壁が陥没していく。

奥に押し込まれて洞窟へと変化していくという光景に全員が驚き、シズネも動揺した声を上げる。

レイトは、錬金術師《れんきんじゅつし》の能力を最大限に発揮させ、ゴンゾウが入れるほどの洞窟を作り出した。

更には、「付与強化」で岩壁の表面を水属性の魔力を送り込んで、冷却を行った。それだけでなく、あまり冷めすぎないように気を配り、先ほど入った休憩地点《スポット》のように快適な空間を生み出した、というわけである。

「こんなところかな、皆もう入っていいよ〜」

「お、お邪魔《じゃま》するでござる」

「うわ、何だここ⁉　めちゃくちゃ涼しい‼」

「おお、俺でも入れるな」

「流石……というべきなのかしら？　あなたが時々何者なのか疑いたくなるわ」

「だから錬金術師だってば」

岩山に作り出された洞窟に全員が入り、ひとまずは休憩を挟んでから移動を再開することが決まったのだった。


洞窟の中に入り、出入口の見張りを交代で行いながら全員が休息に入る。

流石に休憩地点《スポット》ほど快適な空間ではないが、それでも身体の熱を冷ますには十分だった。

「ふうっ……暑さで余計に体力を使った気がする」

「あまり無理はだめよ。あなたの剣技は魔力を使うのだからできる限り節約しなさい」

「ちょっと待てよ。レイトがこの洞窟を作ったのはあんたのためなんだぞ？　そこは礼ぐらい言えよ」

「……それもそうね、ごめんなさい」

「い、意外と素直な奴だな……僕も言いすぎたよ」

現在、シズネは洞窟内の地面に敷いた布の上で横たわり、レイトが「氷塊」で作り出した氷を布に包んで身体の各所に押し当てていた。

完全に回復するには時間がかかりそうというのもあり、ハンゾウは一人だけ出向いて周囲の探索をしている。

他の人間は身体を休めており、レイトは魔力回復薬を飲みながら昼食を取る。

「コトミンの作ってくれた弁当は美味《おい》しいな。魚の丸焼きだけど……」

「それは弁当と言えるの⁉」

「何を言う、立派な弁当じゃないか。そういうダインは握り飯だけ？」

「僕は出かける時はこれだけだよ。べ、別にお金がなくて弁当を作れないわけじゃないからな」

「ふうっ……暑いな、悪いがそろそろ交代してくれ」

「いいよ。じゃあ、今度は俺の番か」

「その前に拙者の話を聞いてほしいでござる」

「うわっ⁉　いつの間に戻ってきてたんだ、お前⁉」

レイトが、ゴンゾウに代わって見張りに行こうとした時に、ハンゾウが後ろから現れた。

彼女は口元の布を解いて、調査の結果を伝える。

「この周囲には魔物の姿は見つからなかったでござる。拙者の感知系のスキルに反応がなかったから安全だとは思うでござるが、その代わりに奇妙な建物を発見したでござる」

「奇妙な建物？」

「他の階層で見つけた転移水晶が存在した建物とは規模が大きく違うでござるが、外見のデザインは似通った大きな建物でござる。位置はここから北西の方角にあるでござる」

「北西ということは……俺達が向かっている方角とは別だな」

「気になるわね。私の知る限りではそんな建物は見た覚えないけど……」

「外見は遺跡《いせき》でござる。少なくとも魔物の気配は感じなかったでござるが……」

「どうする？　調べてみるか？」

今までは転移水晶が設置されている建物は、階層の中央部に存在していた。だが、今回の階層はそうであるとは限らない。

いずれにしても、建物があるというだけで赴く価値はありそうだった。

「シズネは大丈夫？」

「もう平気よ。あなたのお陰《かげ》でね、他の皆にも迷惑をかけたわね。ごめんなさい」

「気にしないでいいでござる」

「気にするな」

「仲間なんだから助け合うのは当たり前だろ？」

「そうね……その通りね」

体調を取り戻したシズネが起き上がり、身体の具合を確かめるように掌を握りしめる。レイトが「付与強化」の魔法で魔力を分け与えたことと、洞窟内の温度を「氷塊」の魔法で下げたことで完全に回復したらしい。彼女は問題ないとばかりに頷く。

「平気よ。次からは私も戦えるわ」

「でも、外に出たらまた倒れるんじゃないのか？」

「その時はこれを使うわ。あまり数が限られているからできれば使いたくなかったけど……」

シズネは自分の胸元のブローチに触れる。収納石だったようで、異空間に繋がる渦巻《うずま》きが生じ、白く輝く液体が入った硝子瓶が現れた。

それを見たレイトは首を傾げる。ダインは正体を知っていたのか、大声で騒ぐ。

「ちょ、それってもしかして聖水じゃないのか⁉」

「聖水？」

「せーすいとは何でござるか？　青色の水には見えないでござるが……」

「それは聖水じゃなくて青水《せいすい》だろ‼　というか、それは普通の水だろ‼　僕が言っているのは普通の回復薬よりも回復効果が高い回復薬のことだよ‼」

「ややこしいな……つまり、普通の回復薬じゃないのね」

「ええ、治療院が生産している回復薬の中でも最高峰の薬よ。怪我、魔力、体力を回復させることができる回復薬なんだけど、生産量が少ないから購入する者は滅多《めった》にいないわ」

「ちなみに値段は？」

「私が購入した時は金貨十五枚だったわ」

「高いっ⁉」

「これでも安い方よ。普通なら更に倍の値段がするわ」

聖水の説明をしながらシズネは収納石に戻した。

彼女にとっても貴重な回復薬なのでできれば使用は避けたかったようだが、もう一度倒れることになったら迷わず使うことを決意したらしい。これ以上は他の仲間に迷惑をかけないと誓い、彼女は立ち上がって雪月花を握りしめた。

「少し魔力を使うけど、いざという時はこの雪月花の力を使うわ。この魔剣は相手を冷やすだけじゃなく、微調整を行えば周囲の環境を変化させることもできる。もう次の戦闘では足を引っ張らないわ」

「そんな気負わなくても……」

「……いいから行くわよ。ハンゾウさん、道案内を任せるわ」

「了解でござる」

自分の体調不良で探索が遅れた分、シズネはその遅れを取り戻すために意気込み、ハンゾウの案内でレイト達は彼女が発見したという遺跡に向かう。

◆◆◆

十数分後、砂丘を乗り越えたレイト達は、大きな遺跡を発見した。

確かに転移水晶が設置されていた建物と酷似《こくじ》した外見だった。

この塔の大迷宮のように塔型の建物であり、窓は存在している。だが、扉はどこを探してもなかった。

「この建物、どうなってるんだ？　扉がないなんてどこから入ればいいんだよ」

「窓から入るにしても、一番低い場所でも三メートルは地上から離れているわね。この程度の高さなら『跳躍』のスキルを使わなくても並の冒険者なら登れると思うけど……」

「乗り越えられる自信がない者は俺に言ってくれ。担いで中に入れる」

「『土塊』の魔法で砂の階段を作れるけど……」

「いや、砂だと簡単に崩れちゃうだろ!!　これくらいだったら僕でも飛び越えられるよ」

冒険者は一般人よりも身体能力が高く、三メートル程度の高さなら飛び越えられなくもない。

「跳躍」のスキルを所持している者なら一般人でも飛び越えられ、実際に子供の頃のレイトも三メートル以上飛び上がれた。

「拙者が中の様子を確認してくるでござる。合図があるまで待ってるでござるよ？」

「分かった。気を付けてね」

「それでは……秘儀《ひぎ》、『壁走り』‼」

「いや、凄いけど普通に跳べよっ⁉」

ハンゾウは「跳躍」ではなく壁を両足のみで駆け上った。重力を無視して移動する彼女にダインがツッコミを入れる。

普通に跳んだ方が体力の消耗を抑えられるのは間違いないが、ハンゾウはそのまま窓の中に潜り込んだ。

「にょわぁあああっ⁉」

「あれ、悲鳴が聞こえてきた⁉」

「今の悲鳴か⁉」

「大丈夫か⁉」

窓の中からハンゾウの声が聞こえてくる。

「へ、平気でござる‼　思ったよりも建物の床と離れていて驚いただけでござる‼　拙者は無事でござったが、他の方が上手く下りられるかどうか……」

調子に乗って窓を飛び越えたが、中の床と離れているらしく、下手に飛び越えると大怪我をしていたかもしれないとのことだった。

「困ったな……ハンゾウ!!　そこから出られる？」

「それは問題ないでござる!!　中は螺旋《らせん》階段になっているようでござる!!　拙者は『壁走り』で元の窓まで走れると思うでござるが、窓の位置は十メートルも離れているでござる!!」

「十メートルか……それぐらいなら問題ないよね？」

「そうね」

「十メートルか……」

「いや、僕は無理だから!!　飛び越えられないから!?」

身体を鍛えているレイトと前衛職のシズネには問題ない距離だが、体重が重いゴンゾウと、レベルが低いダインでは飛び越えるのは難しい。そもそもこの窓の大きさでは、ゴンゾウでは入れない。

仕方なく、レイトは「氷塊」の魔法を利用し、無理やりにでも彼らを運び入れようとした時、ある名案を思いつく。

「待てよ……あの方法、使えるかな？」

「あの方法？」

「とりあえず、まずは俺が先に行くね」

下が砂地の地面なので、念のために「限界強化」の魔法で身体能力を上昇させ、窓枠の部分に乗る。

そして足を踏み外さないように気を付けながら、内部の様子をうかがった。

確かに地下に続く螺旋階段があった。階段にいるハンゾウが下の様子を調べているのを見つつ、レイトは空間魔法を発動させた。

「ハンゾウ!! 後ろに気を付けて!!」

「おお、レイト殿も来てくれたので……うわっ!?」

ハンゾウの背後に、空間魔法の黒い渦巻きが誕生する。危うく彼女は階段から落ちかけるが、何とか持ち直す。

レイトはその様子を見ながら、手元にも小さな黒渦を発現させる。そしてそこに解体用の短剣を落とした。

収納魔法ならば短剣は異空間に収納されるはずだが……階段に作っておいた黒渦から、短剣が落ちてきた。

「おおっ!? 何か落ちたでござる!?」

「それ、回収しておいて。さてと……この実験のように上手くいくといいんだけど」

レイトは手元の黒渦を消し、窓の外でこちらを見上げている仲間達に意識を集中させる。すると、彼らの前に黒渦が現れた。

「うわ!? な、何だこの黒いの……まさか遂に僕の新しい影魔法が覚醒したのか!?」

「いや、それは違うと思うが」

「これは……収納石を発動させた時に出てくるものと同じね。レイトの魔法かしら？」

唐突に空間に現れた黒渦にダインは驚きの声を上げたものの、シズネは即座にレイトに視線を向ける。

その間に、レイトは自分の目の前に黒渦を作り出し、人間が通れるほどの大きさに拡大させた。

そしてその中に入る。

先ほどの短剣のように、レイトが黒渦から姿を現した。

「やっほう」

「うわっ⁉　レイトのドッペルゲンガー⁉　こ、これが僕の新しい力なのか……‼」

「いや、だから違うわ。これは俺の魔法だから」

「……あなた、どこから現れたの？」

「ここから現れたように見えたが……」

黒渦から出現したレイトに、三人は驚いていた。

通常、黒渦が収納できるのは無機物だけ。生物を収めることはできない。それにもかかわらずSPを消費して空間魔法に進化させたことで、レイトは自分自身さえ移動させることをも可能にしたのだ。

ただし、黒渦を発現できるのは視界が利く範囲内だけ。密封された建物の内部に入ることはできないのだが……窓から覗き込めば建物の内部に黒渦を発現することは可能。しかも一度生み出した黒渦は視界外でも残しておける。もっとも、魔力の消費量が激しいので、この方法にはレイトの身体に負担が大きくかかってしまうのだが。

「これが支援魔術師の真の力だよ……これさえ覚えれば、どんな家具も簡単に移動できるから超便利だった」

「信じられないわ……まさかこんな移動魔法を支援魔術師が覚えられるなんて」

「いや、でもこの中に入るのかなり怖いんだけど……黒渦を閉じたら異空間に永久に呑み込まれたまま、とかないよね？」

「大丈夫だよ、実験はしてあるから」

レイトは事前にアイリスに相談をし、この空間魔法の安全性を確かめていた。ちなみに、スラミンにも協力してもらっている。

まず、黒渦が一つだけの状態だとそもそも生物を入れることはできない。この条件は黒渦を複数作り出しても変わらなかった。

黒渦を二つ繋げて発動すると、生物が入れるようになる。

実験として、スラミンの分身体を送り込んでみる。移動の途中で黒渦を片側だけ解除すると、身体の面積が大きい側にスラミンは弾き出された。

繰り返し試してみたが、どんな状態だろうと黒渦を解除したところで空間が切断されるわけではなかった。また、身体が真っ二つに切り裂かれたり、異空間に呑み込まれたりすることもなかったのだった。

「凄いな、レイト!!　これもう立派な転移魔法じゃん!!　これで移動は楽ちんだな!!」

「いや、正直に言ってこの魔法はかなり魔力を消耗するからできれば避けたい。感覚的に言うと、発動させる度に『氷装剣』を十本作り出しているような気分だよ」

「そ、それは大丈夫なのか!?」

「まあ、これくらいの規模の黒渦を作り出すと、一キロくらい歩いたような疲労感が襲われる程度かな。だけど、こういう風に空間に固定化したらもう魔力を消費することはないから、今のうちに進んでよ」

「それならいいけど……」

レイトが空間魔法を先ほど出現させた建物の内部に繋げると、向こう側で黒渦の大きさに変化が起きた。二つの黒渦を繋げると、大きさが統一されるのだ。巨人族《ジャイアント》のゴンゾウが潜り抜けることを考え、四メートル近くまで黒渦を拡大したのである。

「おおっ!!　本当に潜り抜けられるぞ!!」

「不思議な感覚ね。水の膜を通る感覚に近いわ」

「でもちょっと僕の影魔法と似てるよな……もしかしたら闇属性の魔法かもしれないぞ」

「え、そうなの？」

ダインの推察では、収納魔法や空間魔法は闇属性の魔法である可能性があるとのことだった。あくまでも彼の推測に過ぎないが。

仮にダインの予測が正しければ、レイトは全属性の魔法を扱えることになる。

後で大迷宮から戻ったらアイリスに尋ねてみよう、レイトはそう考えながら、彼らを建物の内部に送り込むのだった。

2

「にょわっ⁉　空間の亀裂《きれつ》からレイト殿達のドッペルゲンガーがっ⁉」

「そのネタはさっきやったよっ」

「ここが遺跡の内部……階段ね」

ハンゾウが黒渦から出現したレイト達に驚きの声を上げるが、シズネはそんな彼女を無視して、下に続く階段に視線を向けた。

随分と深く続いていることに違和感を覚える。彼女は周囲をうかがい、更に違和感を抱く。

「ここは随分と涼しいわね。休憩地点《スポット》に入ったような気分だわ」

「それは拙者も不思議に思っていたのでござるが……ここの壁を見てほしいでござる。水属性の魔石が埋め込まれていて建物内の温度を下げているようでござる」

「随分と豪勢な使い方だな!?」

「天井には光石で作った照明もあるぞ」

壁や天井には魔石が埋め込まれており、これによって遺跡内は、休憩地点《スポット》のように快適な空間になっていた。

「もしかしたらここも休憩地点《スポット》かもしれないわね……」

「魔物の気配は感じられないでござる。この階段はどこまで続いているのか、気になるでござる」

「本当に深いな。まさか、下の階層に続いているんじゃないだろうな?」

「流石にそこまでは深くないと思うけど……下りてみる?」

「この階段を!? 冗談じゃないよ! 下まで何段あると思ってるんだよ!!」

「だけどお宝もあるかもしれないよ?」

「うっ……そう言われると」

未だに発見されていない宝物がある可能性は否定できない。それ以前に、この遺跡の正体を調べたいと考えたレイト達は階段を下りることにした。

階段の段差は、巨人族《ジャイアント》の歩幅に合わせられていた。

ゴンゾウ以外の人間は下りるのに多少手間取ったが、急ぎ足で五分ほど移動し続けると、やっと扉らしき物を発見した。

「あ、見ろよ、あそこに扉があるぞ⁉」

「見れば分かるわよ。でも、随分と変わった扉ね」

「俺では入れそうにないな……」

階段の途中で木製の扉を発見した。ゴンゾウが潜り抜けられないほどの小ささの扉であることに違和感を抱くが、ダインが嬉しそうに近づく。

「どこに繋がっているんだ？　もしかして宝物庫だったりして……」

「あ、ちょっと」

「迂闊に触ってはだめよ」

「わ、分かってるって……」

ダインは他の仲間の言葉に警戒心を取り戻し、杖の先で恐る恐る扉をつつく。鍵穴は存在せず、内側には閂《かんぬき》があるわけでもないのか、簡単に押し開くことができた。

「あれ？　あっさり開いちゃった……あっ⁉」

「どうした⁉」

「た、宝箱だ‼　中に宝箱がある‼」

「「宝箱っ⁉」」

全員が扉の中を覗くと、前後左右が三メートル程度の空間があった。

部屋の中央には、錠前が設けられた大きな箱がある。

天井が随分と高く、太陽のように光と熱を発する魔石がランタンの中に入った状態で吊り下げられていた。

「これが宝箱？　ただの箱じゃない？」

「でも鍵もかかってるんだぞ!!　絶対にあれは宝箱だって!!」

「そんないい加減な……」

「明らかに罠でござる」

「でも本当に宝箱かもしれないじゃん!!　開けてみようよ!!」

「まあ、俺なら鍵なら開けられるけどさ……」

部屋の中にある箱にダインは興奮していた。レイトが「形状高速変化」の能力を使えばどんな鍵も開けることは可能だが……明らかに部屋の様子がおかしい。そう思って警戒していが、ダインは一人で中に入ろうとするため、仕方なくレイトは調べることにした。

「罠になりそうな物はある？」

「ぱっと見た感じでは何もないが……」

「いや、ちょっと待ってほしいでござる!!　床の模様をよく見ると火属性の魔石でござる!!」

「本当に？」

ハンゾウの言葉に、レイトは「観察眼」を発動して床を調べる。

汚れてはいるが、赤い宝石が至る所に仕込まれていた。

更に天井には、光り輝く熱を発する魔石があった。レイトは、どのような罠が仕掛けられているのか見抜いた。

「あれは日光石だな」

「日光石？」

「光石よりも希少で、高熱を帯び続ける魔石だ。あんな物がこの床に落ちてきたら、床の火属性の魔石が反応して、大爆発が起きるかもしれないな」

「いいっ⁉」

「大方、宝箱に釣られて入ってきた人間を嵌《は》める罠のようね。部屋に入った瞬間に発動するのか、それとも宝箱を開けた途端に仕掛けが発動するのか……どちらにしろ入らない方が賢明ね」

「くそう……すっかり騙《だま》された」

シズネの推察にダインは溜め息を吐き出した。そんな彼の肩にレイトは手を差し伸べて慰めようとした時——唐突に室内に音が響き渡る。


『カタカタカタッ……』


「……えっ？　何の音だ？」

「部屋の中から？」

「いや、あの箱の中から聞こえてくるでござる⁉」

ハンゾウの言葉に全員が部屋の宝箱に視線を向け、箱の内側から蓋が押し開けられ、内部からゆっくりと「それ」は現れた。

『カタタッ？』

「……ス、スケルトンだぁあああっ⁉」

誰かの声が階段内に響き渡る。

宝箱から姿を現したのは、人型のスケルトンだった。

『カタカタカタッ……』

「わああっ‼　こっち見た‼　あいつ、こっち見たよ‼」

「そんな幽霊《ゆうれい》が現れたわけでもあるまいし、驚きすぎよ。ただのスケルトンじゃない」

「僕は死霊《しりょう》系の魔物が大嫌いなんだよ‼」

「闇魔導士なのに？」

「だから闇魔導士を死霊使い《ネクロマンサー》なんかと一緒にするなって‼　は、早く倒してくれよ‼」

ダインはスケルトンに嫌な思い出でもあるのか、ゴンゾウの背中に隠れた。

レイトは、宝箱から姿を現した骸骨《がいこつ》に視線を向ける。こうしたスケルトンを見るのは腐敗竜《ふはいりゅう》との戦闘以来であったが……何故か違和感を抱いてしまう。

相手は、レイト達を観察するだけ。大抵の死霊系の魔物はすぐに襲いかかってくるものだが、全く動く様子がなかった。

『カタタッ……』

「……頭掻いてる」

「様子がおかしいわね。やはり何かの罠かしら？」

「そうは見えないでござるが……」

スケルトンはレイト達を見ても驚く様子もなく、宝箱の蓋を抱えながら箱の隙間から様子をうかがう。

どうにも様子がおかしいことに、レイト達は警戒心が緩んでしまった。

レイトは、大迷宮まで運んできてくれた商人（元冒険者であり、塔の大迷宮に挑んでいた）カイの話を思い出す。

『もしも大迷宮でスケルトンと出会ったとき、その子はきっと悪い子じゃないから倒さないでください。優しくすればきっといいことがありますよ。他の人にもしっかりと伝えてください』

敵意を抱いていない目の前のスケルトンが彼の話していた存在ではないのか、レイトはそう予想した。

そうして彼は覚悟を決め、武器を握りしめていた手を離す。そして部屋の中のスケルトンに話しかける。

「あの……人の言葉が分かる？」

『………』

「おい、何言ってんだよ。スケルトンと話なんてできるわけ……ええっ!?」

レイトの言葉に反応するようにスケルトンは蓋を開き、右手の親指だけを上げて頷く。その光景に全員が驚いた。間違いなくスケルトンは彼の言葉を理解していた。

「えっと……俺達を襲わない?」

『カタカタっ……』

顎を揺らしながらスケルトンは首を縦に振り、両手を上げて降参のポーズを取る。その姿にレイト達は顔を見合わせ、もう少しだけ話しかける。

「喋《しゃべ》れないの？」

『………』

スケルトンは頷く。言葉は理解できても話せないらしく、身振り手振りでしか意思表示できないらしい。

敵意は感じられないが、相手が死霊系の魔物であることは間違いない。

「とりあえず、その部屋に入っていいかな？」

『カタカタッ』

「嫌だと、言っているのかしら？」

レイトの言葉にスケルトンは首を横に振った。スケルトンは床を示した後に天井を指さしている。

その動作にレイトは、部屋の中に仕掛けられている罠のことだと理解した。スケルトンは部屋の中に入れないように注意したようだ。

「この部屋に罠がある、ということかしら？」

『カタッ』

「じゃあ、あなたはどうやってこの部屋に入ったの？」

シズネの最初の質問にスケルトンは頷いた。続いての質問に、スケルトンは箱から身を乗り出し、床の魔石を踏まないように気を付けながら扉の方に近づく。

そしてレイト達のすぐ近くまでやってきた。

『カタカタッ』

「お辞儀してる……」

「完全に知性があるわね。だけど、どうしてスケルトンがこんな所に……」

死人人形や死霊人形は、術者の力量によっては、生前の記憶が残っていることがある。それ以前に、このスケルトンは外見が骸骨であることを除けば、普通の人間のように振る舞っていた。

『カタカタカタッ』

「何か伝えようとしているようだけど、流石に分からないわね」

「困ったでござる……」

「ダインは何か知らないの？」

「そ、そう言われても……人語を理解できるスケルトンなんて聞いたことも見たこともないよ」

『カタカタッ……』

スケルトンは身体を動かして、レイト達にジェスチャーで意思を伝えた。それを見たレイトは彼（あるいは彼女）が筆記できる物を欲しがっていることに気付く。すぐにレイトは空間魔法を発動し、書き記せる道具を探す。

「えっと……あった。これなら使っていいよ」

『カタカタッ』

買い物に出かける時に使っていたメモ帳を見つけ、万年筆とともにスケルトンに手渡す。

ちなみに、この世界には紙が存在する。だが地球よりも価値が高く、地域によっては羊皮紙が主流になっている。レイト達が暮らしているバルトロス王国では紙と羊皮紙は半々で扱われており、このメモ帳と万年筆は彼がマリアから受け取った物だった。

『……………』

「何か書いてるわね」

「文字まで書けるのでござるか⁉」

「な、何て書いてるんだ？」

スケルトンは渡されたメモ帳に万年筆で尋常ではない速度で書き、メモ帳を一枚剥がして全員に見せた。

『こんにちは』

「……こ、こんにちは」

その内容を読み取ったレイト達は何とも言えない表情で挨拶をし、続いてスケルトンは一秒もかけずに次のメモ用紙を差し出す。

『私はこの大迷宮に暮らしている人間です。あ、スケルトンでした』

「いや、色々とツッコミたいことがあるんだけど」

『まあ、悪いスケルトンではないので安心してください』

「凄い速度で次々と書き記してるでござる⁉」

「速筆」スキルでも所持しているのか、普通に会話するようにスケルトンは次々とメモを書き、簡単な自己紹介と挨拶をする。

「それでスケルトンさん……ええい、言いにくい。もう君はホネミンでいいや」

『いきなり渾名《あだな》を付けられた⁉　まあ、別にいいですけど……』

「いいのっ⁉」

「率直に聞くけど、君は何者？」

何故かレイトに「ホネミン」と半ば強制的に名付けられたスケルトンは、彼の質問に腕を組み、やがて大きな文字で書き記したメモ用紙を示す。

『骨』

「………」

『ちょ、冗談ですから、剣を引き抜こうとしないでください』

シズネが黙って雪月花に手を伸ばすと、ホネミンは慌てた様子で首を横に振った。

そんな彼女の反応に、レイトはアイリスと話しているような気分に陥り、どことなく話し方（実際に話しているわけではないが）や性格も似ていることに気付く。

「君はスケルトンなの？」

『失礼な!!　あんな骨人形と一緒にしないでください!!』

「お前、さっき自分のことをスケルトンと説明したじゃん!!」

『そういえばそうでした。すいませんね、年齢を重ねると物忘れが激しくて……』

「年齢って……何歳なんだよ、お前？」

『えっと、ひい、ふう、みいっ……六百歳ぐらいですかね？』

「六百歳!?」

ホネミンの言葉に、全員が驚きの声を上げた。

もしも彼女の話が本当なら、現在のバルトロス王国が建国される前の時代から生きていることになる（スケルトンに生きているという表現はおかしいが）。

口調や仕草から恐らくは女性と思われるホネミンは、メモ用紙で真面目な自己紹介する。

『私の名前はアイラです』

「え？　アイラって……お前、俺のお母さんだったの⁉　どうしてこんな骨の姿に……やっぱり牛乳ばっかり飲むからいけなかったんだ‼　お肉も食べないからこんなに痩《や》せちゃって……お母さんの馬鹿ぁっ‼」

『いや、人違いですから‼　私、子供産んでないどころか、結婚すらしてませんから‼　そもそも痩せるというレベルじゃないですから‼』

「なんだ、違うのか」

「アイラ……森人族《エルフ》の間ではありきたりな名前ね」

『まあ、そうらしいですね。私が生きていた時代では珍しい名前だったんですけど……まあ、別にホネミンと呼んでもいいですよ。この名前、そんなに好きじゃないので……』

「ちょっと待ちなさい。あなた、自分の生前の記憶を持っているの？」

『持ってますよ。ちなみに私の本名はアイラ・ハヅキです』

「え？　ハヅキ……？」

どこかで聞き覚えのある姓に、レイトはふと疑問に思ったが、すぐに母親の家系の姓であることを思い出す。

「確か、森人族《エルフ》王国の中でも有力貴族の家名ね」

『そうなんですか。まあ、私の時代では下流貴族だったんですけどね』

まさかこのような場所で、ハヅキという姓が出てきたことにレイトは驚いていた。彼の母親であるアイラ、そして叔母のマリアもハヅキ家の生まれである。

つまり、ホネミンの話が事実なら、レイトは自分の血筋に連なる縁者と邂逅《かいこう》したことになるが……更に驚愕の事実が明かされる。

「えっ、ちょっと待てよ。アイラ・ハヅキ……それって森人族《エルフ》の大英雄と同じ名前じゃないか!?森人族《エルフ》と獣人族《ビースト》との大戦で大活躍した大魔導士の名前だろ?」

『そうそう、その英雄が私ですよ～。派手に活躍しすぎて、私の名前が何故か家系を継ぐ人に名付けられる風習ができちゃったようですけど』

「えええええっ!?」

「英雄……あなたが?」

ダインの発言をあっさりと認めたホネミン。

「ホネミン、伝説の英雄だったの?」

『まあ、私自身はたいした能力は持ってなかったんですけどね。ある人に相談して行動していたら、いつの間にか英雄なんて呼ばれていたんです』

「ちょっと信じ難いわね……あなたが本当に英雄である証拠は持っていないの?」

『証拠と言われましても、今の私は見ての通り真《ま》っ裸《ぱだか》ですよ。いやんっ』

「今更恥ずかしがるなっ」

ホネミンは胸元を覆い隠すが、裸どころか骨が剥き出しになっている。今の彼女を見て喜ぶ者はいない。

それはさておき、英雄である証拠を出したとしても、それを確かめる術《すべ》もなかった。

ひとまずレイトは、先ほどから抱いていた疑問を伝えることにした。

「ホネミンはスケルトンじゃないと言ってたよね？　ということは……もしかして死人人形？」

『お、中々勘が鋭いじゃないですか。でもちょっと違いますね。私は闇属性の力ではなく、聖属性の蘇生魔法で蘇《よみがえ》った存在なんです』

「聖属性の蘇生魔法？」

『伝説として伝わっている古代魔法です。扱えたのは初代勇者だけで、彼は聖属性の魔法で失った命を、一度だけなら戻すことができる魔法を編み出しました』

「その魔法の力で、あなたは生き返ったと言うの？」

「俄《にわ》かには信じ難いでござるが……」

蘇生魔法という言葉に、シズネとハンゾウは眉《まゆ》を顰《ひそ》める。だが、ダインは真面目な表情で考え込み、何か心当たりがあるのか、彼女に聞き返す。

「それって……もしかして生命を蘇らせる復活魔法のことか？　確かに初代勇者は人を蘇らせられたという伝承があるが、まさか本当だったのか!?」

『そういうことです。もっとも、私の場合は初代勇者とは面識がありませんし、そもそも生まれてきた時代が違います。そんな私がどうして蘇生魔法のことを知っているのかというと、勇者が残した伝説の魔道具を使用したからです!!』

「伝説の魔道具……？」

ホネミンは、初代勇者の残した魔道具を利用し、今の姿になったという。

「その伝説の魔道具の名前は？」

『復活薬《ライフ》です。名前はありきたりですが、効果は物凄いんですよ。私はドラゴンに呑み込まれて死んじゃったんですけど、というか、胃の中で身体が溶かされたんですけど、この復活薬の効果で、骨だけの状態なのに生き返ることができたんです！』

「ドラゴンに呑み込まれていたの!?」

『ええっ。仲間を救うために人間爆弾としてドラゴンの口の中に突っ込んだんです。で、結果的に私は死亡しました。そのあと、仲間達が骨だけとなった私を救い出してくれて、気絶していた私(骨)を完全に死んでしまったと思い込んで、土葬《どそう》しようとしたんです！　寸前で意識を戻した私は慌てて逃げ出しました。後は、何やかんやあってこの場所に辿り着いたというわけです』

「ちょっと待って、過程を省きすぎじゃない？」

『しょうがないじゃないですか!!　私の過去話をすると、外伝小説が出来上がるぐらいのボリュームなんですよ!!　こんなメモ用紙で書ききれるはずがありません!!』

「外伝小説……？」

彼女の話をまとめると——ともかく色々な出来事を乗り越えて、現在はこの大迷宮で暮らしている。人の寄りつかない場所として最適な建物で都合が良かった。ということらしい。

『それにしても、まさかこんな所にまで人が入ってくるとは……数十年前に訪れた剣士のおじさん以来ですね』

「剣士のおじさん？」

『砂漠の中で倒れてたところを、私が助けた剣士さんですよ。まあ、あの時は話し相手も欲しかったので、ここに運んで治療したんですけど、片足を失ってまともに動けないということで、しばらく暮らしていたんですよね』

「それってもしかして……」

レイト達は顔を見合わせ、この場所まで送ってくれたカイのことを思い出す。彼は塔の大迷宮で片足を失ったと語っており、しかも心優しいスケルトンの話をしていた。カイであることは間違いなさそうだ。

『最初は警戒されてたんですけど、一緒に過ごすうちに意気投合しましてね。まあ、外に出るのを手伝ってあげたんですよ。結局ここに戻ってくることはなかったですけど』

「それってもしかして、カイと名乗っていなかった？」

『あ〜、確かにそんな名前でしたね。お知り合いですか？』

「今は商人をやっているよ。知り合いといえば知り合いなのかな……最上階にあると言われてるエクスカリバーを手に入れるため、塔の大迷宮に挑んだとか言ってたけど」

『え、そんなことを考えていたんですか？　それは初耳でしたね……』

カイが生きていたことに、ホネミンは少し驚いていた。それと同時に、嬉しそうに何度も頷く。

まさか本当に、カイが話していたスケルトンに遭遇するとは予想外だった。そう思いつつ、レイトは空間魔法から指輪を取り出す。

「あのさ、ホネミンが昔の英雄ならこの指輪の持ち主とかも知ってる？」

『それは？』

「白騎士レイナが持っていた指輪だよ」

『レイナさんがっ⁉』

闘技場で戦ったレイナが残した指輪をホネミンに差し出す。彼女は驚いたように指輪を摘まみ、眼球がないにもかかわらず覗き込む。

『なるほど……確かにこれはレイナさんの指輪ですね。どうしてあなたがこれを？』

「色々とあってね……どう説明したらいいかな」

それから、レイトが闘技場で起きた一連の出来事を話した。ホネミンは指輪を眺めながら溜め息を吐き出した。

『そうですか……あのレイナさんが死人人形にされるなんて』

「知り合いだったの？」

『一時期は共に旅をしていました。この姿になってからは会ってはいませんでしたが、まあ、優しい人でしたよ』

「そうなのか……それはホネミンに渡すよ。俺が持っていてもしょうがないし、形見《かたみ》は欲しいでしょ？」

『そうですね。これは私が預かっておきます。なら、代わり……』

ホネミンは指輪を受け取ると、部屋の中に戻っていった。床の魔石に触れないように爪先だけで歩いて箱まで行き、白銀に輝く長剣を取り出した。

そうして再びレイトのもとまで戻ってくる。

『あなたは剣士の格好してますけど、魔力量から見て魔術師なんですよね？　それならこれをあげますよ』

渡されたのは、銀で統一された美しい剣だった。柄の部分に窪《くぼ》みがある。元々は魔石か何かが嵌められていたのだろう。レイトはその長剣に見覚えがあった。やがて、腐敗竜戦で使用したカラドボルグと似ていることに気付く。

「えっと……何これ？」

『エクスカリバーです』

「……？」

『エクスカリバーですよ』

「……っ!?」

「え、えくすかりばぁっ⁉」

「あ、あの伝説の聖剣⁉」

「史上最高の聖剣と言われた……あのっ⁉」

彼女の記したメモを見て全員が驚く。カイが探し求めていた伝説の聖剣をあっさり発見してしまった。

ホネミンは頭を掻きながら、笑い声を上げるように顎を鳴らす。

『あははは……実はこの聖剣はずっと前に見つけてここに隠してたんですよね。何か起きたらこれで身を守ろうと思ってたんですけど、どうも本来の力が出せないのか、ただの頑丈な剣でしかなくて……仕方ないので放置してました』

「ちょ、ちょっと待ってよ‼　それじゃあ、カイさんはエクスカリバーがここにあったのに、気付かずに帰ったの⁉」

『まあ、そういうことですね』

「嘘だろ⁉　あと少しで手に入る所まで行ってたのかよ、あの爺《じい》さん‼」

「惜しいな……」

「これは、何と言えばいいのか……」

「悲しい話ね……」

エクスカリバーを渡されたレイトは、カイに同情して微妙な表情になっていた。

「で、でもこれを見せればカイさんも安心するかな」

「そうね。だけど、それは本当のエクスカリバーなの？　正直信じられないのだけど……」

『本物ですよ。私が最上階から決死の覚悟で盗み出したんですから』

「盗み出した？」

『この聖剣は最上階にある神殿に祭られていたんです。神殿の周囲に棲《す》んでいる白竜《はくりゅう》に気付かれないように盗み出してきたんですよ』

「白竜!?　竜種の中でも最大級の危険度を誇る竜じゃない!!」

普段は冷静なシズネが声を上げた。他の者も驚いていたが、レイトは白竜自体を知らないので首を傾げる。

「白竜って……そんなに凄いの？」

「伝説の竜だよ!!　名前ぐらい聞いたことはあるだろ!?　今までに一度も討伐されたことがないどころか、目撃例さえ少ない希少な竜だよ!!」

「災害の象徴、生ける伝説、様々な呼び名がある、伝説の竜でござる」

「そんな化け物が最上階にいたとは……」

「ここでその情報を聞けたのは幸いだったわ。迂闊に第五階層に踏み入れない方がいいようね」

『まあ、基本的に縄張りに近づかなければ襲ってこない温厚な奴ですよ。私は死体のふりをしてやり過ごして、その聖剣を盗み出しました』

「凄いなお前……流石伝説の英雄ホネミン」

『いや、それだとホネミンという名前が伝説みたいじゃないですか』

レイトの胸に、ホネミンが骨の手を叩きつけた。

このやりとりに、レイトはアイリスと話しているような気分になり——アイラ、アイリスと名前も似ていることから、彼女がアイリスを知っているのではないかと考える。

「ホネミン、ちょっといい？」

『何ですか？　は、まさか私のわがままボディに我慢できなくなって襲うつもりじゃ……』

「スレンダーすぎるだろ」

胸を覆い隠す仕草をするホネミンに若干イラッとしつつ、レイトはホネミンを連れて少し離れる。

そうして小声で問う。

「……ホネミンも……もしかして転生者？」

『……え？　よく分かりましたね。というか、転生という言葉を知ってるんですか？』

「……俺もそうだよ。それとアイリスとも知り合いだよ」

『カタカタカタッ』

「いや、文字で説明してよ」

ホネミンはメモ用紙を落としてしまったが、慌てて拾い上げて、彼女はレイトに質問する。

『ちょっと待ってください。えっと、名前は何でしたっけ？』

「レイトだよ」

『それならレイトさんも転生者なんですか⁉　生まれた国の名前は⁉』

「日本、あっちの世界では高校生だったよ」

『おおっ‼　ということは私と同じ境遇じゃないですか‼　何だ、それなら早く言ってくださいよ～』

ホネミンは自分と同じ転生者を発見して嬉しそうにレイトの肩を叩いた。

レイトは、予想通りというべきか、アイリスがかつて言っていた大迷宮にいる転生者が彼女であると確信した。

「ホネミンも日本出身？」

『そうですよ。あ、でも訪れた時代は違うかもしれませんね。レイトさんは西暦何年に生まれました？』

「俺は西暦20XX年に生まれたけど……」

『あ～やっぱり。私は2000年ぐらいにこっちの世界に来たんです』

「え、そうなの？」

ちなみに彼女の場合は、レイトのように罅割《ひびわ》れに呑み込まれたわけではなく、病で死んだ時にアイリスがいる、狭間《はざま》の世界に行ったという。

『アイリスさんの話によると、ごく稀《まれ》に死亡した人間が狭間の世界に流されることがあるらしいんです。私の場合は、魂だけの状態になった時に運よく狭間の世界に繋がる場所に触れたらしく、強制的に呑み込まれたそうです。私自身は死んだ時のことを覚えていないんですけど、死んでしまった私に同情したアイリスさんが、この世界に転生させてくれたんです』

「そうだったのか……俺とはちょっと事情が違うんだな」

『レイトさんも死んでこの世界に来たんじゃないんですか？』

「俺の時はね……」

「ちょっと、二人で何を話し合っているの？」

レイトがホネミンと延々と話していると、シズネが近づいてきた。他の者も不思議そうに視線を向けていた。ホネミンが誤魔化《ごまか》すようにメモ用紙に書き込む。

『ああ、すいませんね。どうもレイトさんの先祖と私はここで会っているようなんです。だから先祖がどんな人だったのか質問されたんですよ。ね？』

「そ、そうだよ」

「レイトの先祖って……ということはバルトロス王国の王族のこと？」

「王族？」

「ダイン!!」

「むぐっ!?」

レイトの身元に関して迂闊なことを口走ったダイン。レイトの素性を唯一知らないシズネが声を上げたが、ゴンゾウがダインの口を塞いだ。

ハンゾウが誤魔化すように無理やり話を変える。

「そ、そんなことより、この場所のことを教えてほしいでござる。魔物の気配は感じられないでござるが、ここは休憩地点《スポット》なのでござるか？」

『いえ、そういうわけではないですけど、魔物を寄りつかせないための仕掛けは施されています。この建物、殆どが砂で覆い隠されていますが、実は大きなお城なんですよ』

「城？　ここが？」

『そうですよ。古城というやつですね。ここはお城の頂上部なんです』

ホネミンの話によると、休憩地点《スポット》のような所らしかった。現在は、頂上部以外は砂で覆い隠されているが、砂嵐によって砂が吹き飛ばされて、城が全像を現すこともあるらしい。

『この城は魔物は入り込めないし、身体を休められる場所も多いんですよ。だからある意味では休憩地点《スポット》といえなくもないですけど、大抵の冒険者はここを発見できません』

「え？　何で？　砂で覆い隠されているから？」

『それも理由の一つですが、殆どの冒険者はこの第三階層に入り込まないからです。皆さんも薄々と気付いているかもしれませんが、この砂漠の階層は非常に過酷な環境です。休憩地点《スポット》もあるにはありますが、簡単には発見できないようになってます。頻繁に発生する砂嵐の影響で地形が安定していませんし、転移水晶がある建物も砂で覆い尽くされているので発見は困難です。それに加えて、出現する砂人形は容易に討伐することができない、食材となる魔物も生息していないから、食料が尽きたら補給もできない。だから、数多くの冒険者はここを避けるんですよ』

「知らなかったわ……」

シズネが、改めて絵衝撃を受けたような表情を浮かべる。

ちなみにホネミンはこの階層以外にも色々な場所に訪れているらしく、大迷宮の情報について誰よりも精通していた。

『人気が高いのは第四階層ですね。この階層には煉瓦《れんが》製の迷宮が広がっているんですけど、第一から第三階層までと違って、複数の魔物が出現します。危険度は高いですが、その分価値の高い経験石や素材が手に入りますから、冒険者の多くは最初からこの階層に挑みますね』

「確かに第四階層では冒険者の姿をよく見かけたわね。私も傭兵仲間と共に挑んだことはあるけど、ゴブリン、オーク、コボルト、トロールが生息していたわ」

『他にも黒狼種や、滅多に出会うことはありませんけど、オーガも存在しますよ。但し、大迷宮のオーガは非常に凶悪で危険度が高いので、遭遇した時は逃走することを勧めますけどね』

「そんなにヤバいの？」

『ヤバいですよ〜。私も出会う度に、死体のふりをしてやり過ごしていますから』

第四階層の経験者であるシズネとホネミンによると——第四階層は迷宮なので、簡単には転移水晶が位置する場所に辿り着けないらしい。また罠も多く仕掛けられており、常に警戒して進まなければならないようだった。

「第四階層はそんなにヤバい場所なのか……でも今の俺達は、第三階層を抜け出す建物を発見しないと」

『それなら今日はここに泊まった方がいいですよ。皆さんは気付いてるのか知りませんけど、もう外は夜を迎えています』

「え？　もうそんなに時間が経っていたの!?」

『本当ですよ。私は夜型なので目を覚ます時は必ず夜を迎えています』

「寝るの!?　スケルトンなのに!?」

『だから私はアンデッドじゃありませんって!!　全くもう……ここで長話するのもあれですし、食堂まで案内しますよ。料理はお出しできませんけど……』

ホネミンが階段を下り始めると、レイト達も後に続く。

ここは彼女の話を信じ、今日のところはこの城の中で一晩過ごし、明日の朝に出発することを決めたのだった。

◆
◆
◆

数分後、彼女に案内されて古城の食堂に辿り着いたレイト達。

レイトが空間魔法で、保管しておいた食材と水と「調理」のスキルを活かして料理を作り出し、他の面々が手伝いをする。

『いや〜まさか他の人の料理を味わえる日が来るなんて本当に何十年ぶりですかね』

「え？　お前、料理とか食べられるの⁉」

『いいえ、無理ですね。でも雰囲気は味わいたいので持っています』

「どういうことよ……」

食べられもしないのに、まっ先にフォークとナイフを握りしめてテーブルで待機するホネミン。何故か彼女はどこからか取り出したガウンを着こんでいた。理由は、裸で料理を味わうのは行儀が悪い、という謎の理論だった。

彼女は調理をするレイト達を観察しながら、久しぶりに人と話すのが嬉しいのか、延々と喋っていた。

『それにしてもまさかあのおじさんが商人になっているとは驚きでしたね。私と出会った時は筋骨《きんこつ》隆々《りゅうりゅう》のおっさんでしたけど、今のカイさんはよぼよぼのお爺さんだったんでしょう？　ちょっと見てみたいですね』

「それなら会いに行けばいいでござる。大迷宮の前で商売をやっているからきっと簡単に会えるでござるよ」

『いやいや、この姿の私が外に出た瞬間に冒険者の人達に討伐されますよ。実際、初対面の方は私

をスケルトンと間違えて襲いかかりますからね』

「そもそもお前って、眼球とか皮膚《ひふ》とか筋肉とかもないのにどうやって動いているの？　眼球がなくても『心眼』のスキルとかで補っていたりとか？」

『面白い発想ですね。だけど、私の身体は目には見えない魔力で覆われているんです。それが筋肉や皮膚の代わりをしています』

「マジで⁉」

「それはおかしいでござる。拙者の『魔力感知』には何も反応がないでござるが……」

「俺も感じないけど……」

『それはこの魔道具のお陰ですね』

ホネミンは自分の小指を指さす。言われるまで全員気付かなかったが、彼女の小指には結界石のような緑色の魔石が取り付けられていた。その表面には、複雑な紋様が刻まれている。

『今の時代に存在するのかは分かりませんが、これは魔力を抑えつける封魔《ふうま》の指輪です。これを装備していれば外部に魔力が漏れ出すことはなくなり、「魔力感知」のスキルでも感じ取ることができないんです』

「へえ～……凄い魔道具だな。もしかして神器《じんぎ》？」

『そんなたいそうな代物じゃないですよ。それにこれは、私が改造を加えた物なんです。こう見えても私は錬金術師ですからね!!』

「えっ……錬金術師？」

「ちょ、レイト!!　鍋《なべ》が泡吹いているぞ!!」

「わわっ!?」

意外な言葉が出てきたことにレイトは驚き、「火球」の魔法で温めていた鍋を吹きこぼれさせてしまう。慌てて火力を下げる。

「あなた……錬金術師だったの？」

『そうですよ。結構レアな職業でしょう？』

「いや、レアというか……」

「驚きでござる!!」

ホネミンが一般的には不遇職と言われている錬金術師だったことに、レイト以外が驚いている。

更に彼女は続ける。

『ちなみに私は一人職《シングル》です』

「一人職!?　嘘だろ!?」

「一人職……ってなに？」

「普通の人間は二つの職業に就くはずだけど、ごく稀に一つの職能しか見につけていない人間もいるの。その人達のことを一人職と言っているわ」

『そういうことです。だから私は錬金術師の能力しか扱えませんね』

数百万人に一人の割合で、一つの職能しか見につけられない人間が存在する。但し、だからといって一人職の人間が能力的に劣っているわけではない。むしろ、普通よりも能力を覚える速度が早いといった利点もある。

『一人職の長所は、一つの職能しか習得できない代わりに、能力を覚える速度や熟練度向上率が高いんです。だから私は、レベルが40に達した頃には、錬金術師の能力はほぼ全て極めてしまいました』

「なるほど、一つの職業に特化しているわけね」

『まあ、それでも魔術師としての弱点は変わらないんですけどね。運動に関しては得意じゃないですし、戦闘向けの能力は結局見につけられませんでした』

「え、そうかな……俺も錬金術師の職能持っているけど、結構戦闘で役立ってるよ」

『お、レイトさんも同業者だったんですか？　それなら早く言ってくださいよ～』

ホネミンはレイトが自分と同じ職業と知って、馴れ馴れしく彼の肩を叩いた。

レイトはそれよりも聞きたいことがあった。彼女が先ほど話していたこと、魔道具を改造したという点が気になっていたのだ。

「さっき、魔道具を改造したとか言ってたけど本当に？」

『そうですよ。魔道具の開発や改造ができるのは、何も小髭族《ドワーフ》の専売特許じゃないんですよ』

魔道具を開発できるのは、技術力が高い小髭族《ドワーフ》だけであると言われていた。勇者が残した神器や聖剣を除けば、大抵の魔道具は彼らが開発している、というのが常識なのだ。しかしホネミンによると、小髭族《ドワーフ》でなくとも錬金術師ならば魔道具を作り出せるという。

「魔道具を錬金術師が改造できるなんて聞いたことないけど……」

『まあ、昔と比べて錬金術師は少なくなったようですからね。昔はいっぱいいたんですけどね。少なくとも私の時代では、帝国で流通していた魔道具は錬金術師が改良を加えてましたよ』

「帝国……そうか、ホネミンが生きていた時代は、バルトロス帝国の時代だったのか」

現在は滅んでしまったが、数百年前までは、バルトロス王国ではなくバルトロス帝国が人間の領地を支配していた。

昔は、少なくとも最後の皇帝の代までは、平和で人々に優しい国だったらしいが——現在は滅びて、代わりにバルトロス王国が版図《はんと》を広げている。

「昔は錬金術師は冷遇されていなかったの？」

『まさか。むしろ貴重な職業として優遇されていましたよ。今の時代では何故か冷遇されているようですけど、時が経つにつれて、錬金術師の能力の高さが忘れられてしまったようですね』

「儚《はかな》いでござるな……」

数百年前は錬金術師が優遇されていたという事実に驚くが、ホネミンによると、職業の評価は時代によって冷遇されたり優遇されたり変化するらしい。

「じゃあ、もしかして支援魔術師も優遇されていた時代もあったの？」

『どうですかね。私がいた時代では、支援魔術師という職業自体聞いたことがありませんから分かりません。あ、でも一時期は初級魔術師が不遇職として扱われていた時代もありますよ』

「嘘だろ⁉　あの伝説の英雄ルノと同じ職業なんだぞ⁉」

「ルノ……？」

どこかで聞いたような名前が出てきて、レイトは首を傾げたが、即座に自分の親戚にルノという名前の少年がいたことを思い出す。

ダインによると、大昔にルノという名前の初級魔術師の英雄がいたらしい。

「その名前は俺も知っているぞ。伝説の英雄の一人で初級魔法のみで単独で竜種を倒したことがある最強の魔術師の名前だな」

「有名な英雄よね。生活魔法と呼ばれている初級魔法を使って竜種を倒すなんて、信じられないから、ただの御伽噺《おとぎばなし》だと思っていたけど……」

「おお、その英雄の名前なら和国にも伝わっているでござる。何でも氷の魔法で竜を作り出したと聞いているでござる」

「どんな英雄だよ」

レイトも初級魔法を扱えるが、その伝説の英雄のようには扱えない。「付与強化」の魔法を使用したとしても、「氷塊」の魔法で巨大な竜を作り出すことはできないだろう。

しかし、そんな伝説の英雄が就いていた職業でさえも、英雄が誕生する前の時代では冷遇されていたらしい。

『そのルノという方のことは私も知ってますよ。直接会ったことはないですけど、噂に関しては色々と耳にしていました。だけど初級魔術師という職業が見直されるようになったのは、彼がこちらの世界に召喚された後のことです。つまり、ルノさんが活躍したことで初級魔術師の職業としての価値が見直されたようですね』

「召喚？」

『私達と違って勇者として、彼は召喚された異世界人なんですよ（ぼそぼそ）』

ルノという人物は、自分達と違ってあちらの世界の肉体のまま、この世界にやってきた人間らしい。

（それにしてもルノか……まさかね）

レイトは、親戚の男の子のルノのことを思い浮かべる。前世の世界では、子供の頃によく遊んでいた。珍しい名前なので、本当に彼がこちらの世界に召喚されたのかもしれない。

「それより、話を戻すけど、ホネミンは魔道具を作れるの？」

『材料さえあれば割と何でも作れますよ。ああ、でも、一から作るのは物凄く時間がかかるし、材料もたくさん必要になりますからね。魔石の効果を強化させる改造程度なら割と簡単にできますけど』

「そんな方法があるの？」

『魔石に魔術痕《まじゅつこん》を刻み込むだけですよ。魔術痕は知ってますか？』

「魔法剣を使う時に刃に刻む紋様のこと？」

『そうです』

レイトは、退魔刀に刻み込まれた五つの紋様を思い出す。この紋様を通して魔力を流し込むことで刀身に各属性の魔法の力を付与させることができるのだが、ホネミンによると同じ要領で魔石に魔術痕を刻み込んで効果を高めることができるらしい。

『私の場合は、自分で戦うよりもむしろ、魔道具を作ったり、改造した道具を他の人達に渡していたりしていただけですよ。結果的に、それで戦力が大幅に増強したことで功績が認められたんですけど、正直に言えば、遊び半分で魔道具を開発してただけなんですけどね』

「遊び半分で英雄になったのか……なんて奴だ」

『結果良ければ過程なんてどうでもいいんですよ。私という存在がいなければ、危機を乗り越えられなかったこともありましたし、終わり良ければ全て良しというやつです』

「その使い方、少し違うと思うけど……」

『そんなことよりも、レイトさんが錬金術師と知った以上はこのまま帰しませんよ。ここまで来たら、私の技術を教えてあげます。あ、でも、魔道具を作り出すような複雑な技術は流石に無理でしょうけど……』

「ええっ……」

別に頼んでもいないのに技術を教えると告げるホネミン。

レイトは面倒そうな表情を浮かべるが、考えてみると、伝説の英雄から技術を授かる機会など滅多にあるものでもない。そんなわけで、彼女に教えてもらうことにした。

◆　◆　◆

昼食を終えたレイトは、ホネミンと共に彼女が寝室代わりに利用しているという部屋の中に入った。家具は全て、ホネミンが外の世界から持ち込んできた物とのことだった。

「こんな感じ？」

『そうそう、中々筋が良いじゃないですか。まさか「形状変化」をここまで巧《たく》みに扱えるとはやりますね』

「いっぱい練習したから」

ホネミンの指導でレイトは彼女が用意した魔石に「形状高速変化」のスキルを利用し、次々と魔石の表面に魔術痕を刻む。最初のうちは苦労したが、コツを掴むと簡単に刻めるようになった。

「それにしても、ホネミンが闇属性と聖属性の魔術痕を知っていたのは驚きだな。小髭族《ドワーフ》の人も知らなかったのに……」

『そうなんですか？　まあ、私の場合は適当に魔石を改造したら偶然に発見しただけなんですけどね。はい、改造が終りましたよ』

レイトが作業を行っている間、ホネミンは彼が預けた退魔刀の刀身に両手を伸ばし、聖属性と闇属性の魔術痕を刻んだ。

『はい。後はこの溝の部分に、聖属性と闇属性の魔石を細かく刻んで溶かした液体を流し込んで固めればいいですよ。流石にこの場所ではそこまでのことはできないので、知り合いの小髭族《ドワーフ》さんにでも頼んでくださいね』

「おお、ありがとう。これで全属性をコンプリートした」

『それにしても、レイトさんがアイリスさんのお知り合いだったとは驚きましたね。今も元気なんですか？』

「元気元気、毎回呼び出す時に暇潰《ひまつぶ》しのゲームをしてたり、漫画を読んでたりしてるよ」

『相変わらずですね～』

この場には誰もいないので、二人は気兼ねなくお互いの身の上話を話す。

ホネミンによると、昔からアイリスは現在のレイトが知っている性格だったらしく、常に暇なので毎日遊び惚《ほう》けていたようだ。

「ホネミンもアイリスと交信できるの？」

『私が最初に死んだ時から話すことはなくなりました。ですけど、生身の頃は色々と相談に乗ってくれましたよ』

「ふ～んっ……」

数百年前、彼女がアイリスと交信できる能力を持っていた頃、ホネミンが森人族《エルフ》の英雄として崇められる存在になったのは、アイリスのお陰らしかったのだが――

◆
◆
◆

ホネミン改め、アイラ・ハヅキの人生は非常に慌ただしかった。

地球での彼女は高校生でありながら不治《ふじ》の病で亡くなってしまい、偶然にもその魂が狭間の世界に迷い込んでしまう。彼女を可哀想に思ったアイリスが、現在のレイトのように自分と交信できる力を授けた状態で人間に転生させた。

『まあ、何か起きたら私に気軽に相談してくださいね。気が向けば色々と話しかけてくださいよ』

『は、はい……』

別れ際にそんな会話を交わしたことをアイラ、やがて彼女は無事に転生を果たす。

そして彼女は森人族《エルフ》の女の子として生まれ変わった。しかし、彼女の母親は非常に厳しい女性だった。

『あなたはハヅキ家の長女として恥じぬ生き方をしなさい』

『はあ……？』

『何ですか、その気のない返事は!!　あなたはハヅキ家の継承者なのですよ!!』

彼女が五歳の年齢を迎えると、ハヅキ家の長女として相応しい教育を母親から施され、礼儀作法、精霊魔法の習得、更には武芸を磨く生活を強要された。一日も休むことは許されず、彼女は子供の頃から厳しい生活を送っていた。

だが、彼女はアイリスの助言を参考に生活していたこともあり、適度に身体を休ませることができていた。

『精霊魔法を扱う時は難しく考えない方が良いですよ。身体の力を抜いて緊張感を解《ほぐ》しましょう』

『アイラさん、その部屋には誰もいませんからそこで休みましょう』

『武芸なんて必要最低限覚えればいいんですよ。もしも誰かに注意されたら魔法の習得に集中したいと言えば黙りますよ』

アイリスの適切な指示のお陰で、文武だけでなく魔法も良い結果を出すことができた。そうなれば指導する側の人間も何も言えず、それどころか、彼女を天才と褒めたたえた。

『あなたはこの家の継承者、常に人の上に立つ人物として相応しい態度を取り続けなさい』

『はい……』

しかし、家長である母親は褒めることはなかった。むしろ、できて当たり前のことと考えていた。

褒めてもらいたい人に認められないことにアイラは不満を抱き、ある決意を抱く。

『こんな家、もう出ていく!!』

『マジですか？　まあ、別にいいですけど……』

遂に我慢の限界を迎えたアイラはハヅキ家と決別し、放浪の旅を始める。

幸いというべきか、アイリスのお陰で家からの追っ手を撒くことに成功し、彼女は世界中を旅しながら様々な知識や技術を見につけ、自分の錬金術師という職業が特別であることに気付く。

『アイリスさん、私は真○の扉を開く!!』

『それは身体が持ってかれちゃいますから!!　全身が鎧《よろい》になるか、右腕と左足が奪われますから!!』

『冗談ですよ』

『なんか、心なしか私の口調を真似ていません？』

最初の二十年は世界各地を旅していたが――やがて自分の錬金術師の能力を生かせる場所を発見した。

バルトロス帝国の魔道具開発をする研究所に就職したのだ。

当時は、こちらの世界に召喚された初代勇者が残した神器を参考に様々な魔道具が開発されており、アイラは錬金術師の能力を生かして様々な魔道具を作り出した。

『初代所長の残した研究資料を見たい？　別にいいけど、何に使うの？』

『ちょっと参考資料にしたいので……』

研究員として様々な魔道具を開発中に、アイラはこの研究所を作り出したイリアという名前の初代所長の研究資料を読み取り、彼女の時代では技術力の問題で開発できなかった魔道具の研究資料を調べ尽くし、改良を加えて現実に作り出す。

『このイリアという人も転生者ですよ。私とも面識があります』

『へえっ……それにしてもこの資料、本当に凄い。百年前の時代の人が作り出したとは思えないですよ』

『それほど天才だったということですよ』

イリアの資料を読み尽くした彼女は、斬新な魔道具を作り出し続けたので、その評価は高まるばかりであった。

そんな風にして、彼女が帝国の研究所の所長に昇格した頃、小髭族《ドワーフ》と獣人族《ビースト》が同盟を結んで、バルトロス帝国とヨツバ王国（森人族《エルフ》の王家）に戦争を仕掛けてきた。

『まずいですよ、アイラさん。今回の戦争、バルトロス帝国とヨツバ王国はこのままだと敗戦とまではいきませんが、大きな被害を受けます』

『え、何でですか!?』

『巨人族《ジャイアント》も秘密裡に動いているからです。三種族が協力して帝国と王国に侵攻しようとしているんですよ』

当時のバルトロス帝国とヨツバ王国は他の国家と比べて裕福で軍事力が大きかったが、獣人族《ビースト》と小髭族《ドワーフ》は今回の戦のために巨人族《ジャイアント》も巻き込んでいた。当然だが、このまま放置すればバルトロス帝国とヨツバ王国は大きな被害を受け、民衆も大勢死亡することは免れない。

『ど、どうすればいいんですか⁉』

『ここは帝国に召喚された白騎士さんに頼りましょう。最高の魔道具を彼女に用意して渡してください』

『よ～し‼』

この当時は、レイトが戦った白騎士レイナが健在だった時代である。いくら勇者とはいえアイラ一人の力では戦争を止めることはできない。だが、アイラは自分の持てる知識と技術、更にはアイリスの助言を聞き入れて、白騎士レイナの能力を最大限に強化させる魔道具を開発し、白騎士レイナと共に戦ったという。

『初めまして白騎士レイナさん‼　唐突ですがこれはプレゼントです‼』

『え、あ、あの……この露出度の激しい鎧は何でしょうか？』

『いいから早くそれを着てください‼　あなたの力を限界まで引き出すパワーアップアイテムです‼　ほら、早く脱げやぁっ‼（ゲス顔）』

『いや、ちょっと……きゃあああっ⁉』

『所長⁉　何やってるんですか‼』

『大変だ‼　アイラさんがご乱心だっ‼』

初対面の時は徹夜明けで、夜通し魔道具の開発に取り組んでいたことでテンションがおかしかったアイラは、レイナに掴みかかってしまったが、最終的にはアイラの作り出したレイナ専用の強化アイテムを装着させることに成功した。

『さあ‼　今日のために開発したこの爆発型の魔道具の出番です‼　これで敵を一網打尽ですよ‼』

『爆発⁉　いや、そんな物を使ったら大勢の人が被害に遭いますよ‼』

『あ、言われてみればそうですね……しょうがない、これは封印しますか』

『そうしてください……』

時折、暴走してしまうアイラを引き留めたのはレイナであり、彼女達は良きバディとして帝国のために戦い続けた。


しかし、戦争が長引くにつれて、三種族の標的はバルトロス帝国ではなく、ヨツバ王国だけに切り替えられ、大勢の犠牲者が出た。

『アイラ様、どうか我々をお救いください‼　既に母君様も敵の手に捕まり、ハヅキ家は滅亡の危機を迎えようとしています……‼』

『母上が⁉』

帝国がどうにか領地から巨人族《ジャイアント》の軍隊を退散させることに成功した時、ヨツバ王国からハヅキ家の人間が訪れる。

ハヅキ家の当主であり、アイラの母親であるアリシアが獣人族《ビースト》の軍隊に捕まったことでハヅキ家は当主を失い、まだ幼いアイラの妹はハヅキ家を支えるほどの力や器ではなく、彼らはハヅキ家の長女であるアイラに戻ってくるように懇願した。

『どうか我々をお救いください……!!　これが国王様からの手紙です!!』

『うげっ……こんなの、逃げられないじゃないですか』

帝国で最も活躍している二人の名前は王国でも噂が広がっており、森人族《エルフ》の国王は彼女達に自分達の領土に侵入した獣人族《ビースト》と小髭族《ドワーフ》の軍隊の撃退の助力を願う。一国の王が救援を求めているのであれば無下《むげ》に断ることもできず、当時の帝国の皇帝もこれに承諾して、アイラの派遣を命ずる。

『もう……こうなったらとことんやってやりますよ!!　あ、協力お願いしますね、アイリス様』

『ええっ……まあ、別にいいですけど』

問題が生じれば欠かさずアイリスに相談した。少し前から彼女は魂の波長がアイリスと合うことが多くなり、通常状態でもアイリスと交信を行えるようになっていたのだった。

しかし、普通の状態でアイリスと会話していると他の人間から見たら独り言を喋っているようにしか見えず、これを誤魔化すためにアイラは適当な言い訳を考えて宣言する。

『いいですか、私は慈母神アイリス様と交信できる力を持っています!!　私のこれまでの功績は全てこのアイリス神様のお陰なんです!!』

『な、なんだって!?』

『ちょっ……何を言い出すんですか!?』

『ほら、今もアイリス様の声が聞こえました!!　私を崇めたたえよと言っています!!』

『いや、言ってませんから!!　というか徹夜続きでまたおかしなテンションに入っていますね!?』

連日の王国に侵攻する軍隊への対処のために、数日間ほど眠らずに軍隊の指揮や会議を行っていたアイラは遂にアイリスの存在を暴露してしまい、当然だが最初は誰も彼女の話を信じなかった。

しかし、どんな難題を持ち込んでも彼女は常に適切な指示を与え、今まで二種族の軍隊に敗戦続きだった王国軍が逆に敵軍を蹴散らす。

『あ、アイリス様のお告げです。この先に敵軍が伏せています。人数と位置を教えますから、逆に奇襲を仕掛けましょう』

『大変です!!　アイリス様によると敵が私達の兵糧を奪おうとしていますよ!!　すぐに食糧庫に増援を送ってください!!』

『あはははっ!!　もう全てアイリス様に任せればいいんですよ!!』

『いや、これマジでヤバいですって!!』

状況が状況だけにアイラは身体を休めることができず、意識が朦朧《もうろう》とした状態でもアイリスの与えられた指示だけは兵士達に伝えるので、この頃になると、他の人間も彼女が本当に何か神霊的な物に憑《と》りつかれているのではないかと考え始めていた。

『な、なあ……アイラ様は本当に凄いよな。あんな状態なのに言っていることが全部正しいんだぜ』

『というか、予測が全部外れないというのはおかしくないか？　ここまで来ると敵軍と通じているとしか……』

『滅多なことを言うな!!　だいたい、敵の方が被害が大きいんだぞ!!　俺は本当にあの人の背後には神様がいるんじゃないかと思えてきたよ……』

『んな馬鹿な……でも、なあ……』

アイラの未来を見てきたような正確な指示に、徐々に兵士達は彼女の言葉を信じ始め、本当に彼女には慈母神の加護があるのではないかと思い始める。

そして決定的に兵士達が彼女の言葉を信じるよう、戦争の終盤で彼女は単騎で矢の雨が降り注ぐ戦地を駆け巡ったという。

『ひいいっ!!　これ、死ぬっ!!　死にますから!!』

『だからあれほどちゃんと身体を休めろと言ったじゃないですか!!　どうして土壇場で正気に戻っちゃうんですか!?　あ、そこは左に三歩下がってください!!』

『な、なんだあいつは!?　どうして矢が当たらない!!』

『そ、「狙撃」のスキルを使っても当たりません!!』

『あ、あれが戦場の悪魔か!!』

大量の矢の雨に対してアイラはアイリスの指示に従って避け続けた。更に彼女は「回避」の上位互換である「絶対回避」のスキルを駆使して命中力を高める「狙撃」のスキルさえも無効化して攻撃を回避し続ける。

偶然にもその動きが舞を踊っているようであったため、王国軍は彼女の奇跡の行動に魅入られる。

『す、凄い!! あれほどの数の矢に当たらないなんて!!』

『奇跡だ!! 俺達は奇跡を見ているんだ!!』

『あれが神の加護が!! 慈母神アイリス様の力なんだ!!』

『何でもいいから早く助けてぇえええっ!!（アイラ）』

『いいから助けやがれですぅっ!!（アイリス）』

結果的にこれが決め手となり、森人族《エルフ》の間に慈母神アイリスの存在が広まり、同時に小髭族《ドワーフ》と獣人族《ビースト》の間では、邪神として彼女の名前が知れ渡ったという。

◆◆◆

ホネミンの昔話に花を咲かせた翌日、レイト達は全ての準備を整えて古城から出た。そうして、ホネミンの案内で転移水晶がある建物付近まで移動してきていた。

既に何度か砂嵐を迎えており、階層の地形も大幅に変化していた。

「ここ、本当にお城だったんだ。俺達が来た時は城の上の部分が見えてたのか……」

『さっきの砂嵐で全体を覆っていた砂が吹き飛ばされたようですね。それでも半分ぐらいしか露出していませんが……』

「これで半分!? 凄く大きな城だったんだな……」

古城で過ごしている間に砂嵐が何度か発生しており、城を覆っていた砂が吹き飛ばされ、現在は城壁部分が露出していた。

『じゃあ、しっかりと付いてきてくださいね。第四階層までなら私も案内できますので安心してください』

「本当に道が分かるの？」

『私はここに何百年も住んでいるんですよ。砂嵐で地形が変わった程度で建物の位置が把握できないはずがありません』

「どんな理屈だよ……」

「だけど心強いでござる」

『あ、でも戦闘には期待しないでください。私の場合は死んだふりで戦闘に巻き込まれないようにするのが精一杯ですから』

「はいはい」

ホネミンを先頭にレイト達は砂漠を移動し、第三階層の転移水晶が存在する建物に向かう。砂漠の熱気にやられないように定期的な水分補給を忘れずに。

『ほら、あそこですよ。上手い具合に砂が吹き飛ばされて地上に露出しています』

「本当だ。やっぱり、階層の中心部に建物があったのか……」

「あなたの予想が当たっていたわね」

移動を開始してから数十分後、砂丘を乗り越えるのに時間がかかってしまったが、無事に目的地に到着した。

レイト達の視界に第一階層と第二階層でも目撃した建物が映る。それまで砂に埋もれていたが、砂嵐で地上に露出したらしい。建物の中に入る。

『この中はもう休憩地点《スポット》と同じように魔物は入り込めませんから安心してください』

「ふう、これでこの暑さから解放されるのね」

「良かったなシズネ」

「ありがとうホネミン。あ、ついでにうちの狼のおやつが欲しいから肋骨《ろっこつ》を一本くれないかな？」

『いや、図々《ずうずう》しすぎません!?　私のボーンはあげませんよ!!』

レイトの言葉に、ホネミンは全身を覆う。ちなみに現在の彼女は他の探索中の冒険者に発見されてもいいように、全身をマントで覆っていた。

彼女とはここでお別れになる。

「それじゃあ、俺達はもう行くよ。本当にありがとうホネミン」

『いえいえ、私も久しぶりに人と会話できて嬉しかったですよ』

「色々と助かったわ」

「お前のことは忘れないぞ」

「感謝するでござる」

「お前みたいな良いスケルトンもいるんだな……考えを改めるよ」

『だからスケルトンじゃありませんってば!!』

ダインの言葉にツッコミを入れながらも、ホネミンは転移水晶の前に集まる彼らから離れた。

第四階層までの道のりはホネミンも把握しているらしいが、流石に彼女と同行することはできない。外見はスケルトン同然なので他の冒険者に見つかったらまずい。それに、戦闘では役立たないので、足手まといになると判断した彼女自身から同行を断ってきたのだ。

「またここに来てもいいかな？」

『どうぞどうぞ、私は普段はあの城の中にいますからね』

「分かった。それなら……またね」

『はい、必ずまた会いましょうね』

最後にレイトはホネミンと握手を交わした。

すると、何故か彼女とは昔からの友達のように感じられた。性格がアイリスと似ていることも原因かもしれないが、共にアイリスに転生されたという共通点もあり、予想以上に気が合ったのだ。

彼女との別れを惜しみながら、レイトは他の仲間と手を取り、次の階層に移動する。

「第四階層!!」

3

いつも通りに視界の風景が一瞬で変わり、ホネミンの姿が消えた。

そして事前の情報通り、レイト達の視界には煉瓦の壁で出来た迷宮が広がっていた。だがいつもと違った点がある。これまでに転移した場所には他の冒険者の姿は見えなかったが、複数の人間の姿がいる。

レイト達が移動してきたのは、大きな広間だった。

「おっ!! お前ら運が良いな!! ここに転移してきたのか?」

「良かったわね。魔物が巣食っている場所に転移しなくて……」

「あの……?」

「ここは休憩地点《スポット》みたいね。見てみなさい、地面に紋様が描かれているでしょう?」

シズネが地面の紋様に気付いて指摘する。どうやらこの場所が第四階層の休憩地点《スポット》で、偶然にも転移したらしい。

「お兄さん達～、今なら余分な回復薬を売ってるよ～」

「回復薬もいいけど、解毒薬も欲しくないかい？　ここには毒を扱う魔物もいるからな、回復魔法じゃ毒は回復できないから気を付けろよ～」

露天商のように、持ち込んできた品を販売している人がいた。一応準備を済ませてあるが、補充をしてもいいだろう。

「そういえば解毒薬とか誰か用意してる？　俺は自分の作ったのがあるけど……」

「私は持っているわよ。念のために三本ほどね」

「俺も一本持っている」

「僕も三個持ってるよ」

「拙者は『毒耐性』のスキルを持っているでござる。幼少の頃から毒物に対する耐性の訓練を受けているから平気でござる」

準備は万端だったが、一応露天商を見て回ることにした。

「あれ？　ここは武器を売ってるの？　でも、正直に言えば随分とぼろいのばっかだな」

「まあ、殆どが探索中に発見した物ばかりだからね。昔の冒険者が落としたか捨てた物ばかりだよ。

買っていかない？」

「別に武器に困ってはいないしな……」

レイトは無数の武具や防具を絨毯《じゅうたん》の上に並べている女性の前で立ち止まり、武器を一つずつ確認する。しかしレイトは「鑑定」の能力を所持しておらず「観察眼」のスキルで武器の外見を調べることしかできない。傷んでいたり、あるいは刃が折れているか、刃こぼれを起こしているので、使用には耐えない物ばかりだった。

「あれ？　これってもしかして日本刀？」

「ニホントウ？　名前はよく知らないけど、そいつも落ちてた物だよ」

「ちょっと見せてほしいでござる……これは随分と錆《さ》びているでござるな」

武器の中には刀身が半ばで折れた日本刀もあった。ハンゾウが持ち上げて眉を顰める。柄の部分は鉄製だったので、日本刀を真似て作られた長剣だと考えられた。

「これは偽物でござるな。出来も悪いし、それに和国の武器ならば必ず刀身か柄に、刀鍛冶《かたなかじ》の名前が刻まれているでござる」

「ありゃま……」

「だけど素材自体は悪くないでござる。恐らくは銀とミスリルの合金で出来ていると思うのでござるが、作った人間が三流なのか、酷い物でござる」

「あらら、そいつは残念だね。珍しい形状をしているから、お宝を拾ったかと思っていたのに」

女性が残念そうにハンゾウから刀を返してもらい、偽物だと聞かされても売却することは諦めないのか、絨毯の上に再び置いた。

「でもいっぱいあるな……これ、全部拾ってきたんですか？」

「そうだよ。こう見えてもあたしは暗殺者でね、『隠密《おんみつ》』のスキルと逃げ足には自信があるんだよ。魔物どもに見つからないように回収して、ここまで辿り着いたのさ」

「これほどの量を集めるのも大変だったのでは？」

「まあ、楽とは言えなかったね。こんな物でも結構買っていく奴は多いんだよ。この階層はより一層凶悪で厄介な魔物が生息しているからね。武器を壊したり、あるいは気休めでも予備の武器を持っていきたいと考える人間はたくさんいるからね」

「商売上手ですね」

「そうでもないさ、ここで商売している奴は誰もが似たようなことを考えて売買しているからね。ほら、買う気がないならとっとと行きなよ。世間話も悪くはないけど、こっちも今日中に半分は売り捌《さば》きたいからね」

女性の言葉に、これ以上は商売の邪魔になると考えて立ち去ろうとした。だが、絨毯の上に置かれている武器の中に見覚えがある代物を発見し、レイトが拾い上げる。

「あれ、これは……」

「ん？　そいつが気になるのかい？」

「レイト殿は槍も扱えるのでござるか？」

「いや、そうじゃなくて……これ、ミナの扱っていた槍と似ていない？」

レイトが拾い上げたのは、刃が錆びついた槍だった。柄の部分の色が違うが、ミナが所持していた槍と酷似している。気のせいかと思ったが、ミナの父親がこの大迷宮に挑んで行方不明になったという話は以前聞かされていた。

「この槍はどこで拾ったんですか？」

「さあ……色々と回ったからね。覚えてないよ」

「そうですか……あの、これいくらですか？」

「え？　それ、買うの？　……まあ、毎度あり」

仕方なくレイトは槍を購入し、空間魔法で回収した。彼女の父親の物なのか、大迷宮から出た後、アイリスに尋ねることにした。

「レイト殿、その槍をどうするのでござる？」

「とりあえずは持ち帰るよ。他の皆はどうしてる？」

「ここにいるわよ」

レイトが振り返ると、他の三人も準備を整えていたらしく、既に出発の用意はできていた。

最初に休憩地点《スポット》に辿り着いたのは幸運だったが、ここから先は更に危険度が高い魔物が出現するらしく、気を引き締めて進まなければならない。

「よし、行こうか」

「頼りにしてるわよ」

退魔刀と反鏡剣《はんきょう》を空間魔法から出現させて身につけると、レイトは仲間を連れ休憩地点《スポット》を離れて通路を移動する。この階層のどこかに存在する転移水晶を発見しない限りは出ることはできないのだ。

◆◆◆

「じゃあ、先に進もうか。ハンゾウに先行を頼むよ」

「心得たでござる!!　こういう場所でこそ、拙者の忍者としての技能が試されるから腕が鳴るでござる!!」

「頼りにしているぞ」

「というかシズネ、ここに来たことがあるなら道とか覚えてないの？」

「この迷宮は一定の時間間隔で変化するのよ。だから仮に地図を制作しながら移動しても時間が経過すれば意味はないわ」

「マジかよ……」

シズネの説明では、第四階層は迷宮の構造が複雑であり、しかも一定の時間間隔で壁が動いて通路が変形するという。しかも出現する魔物の数はこれまでの階層では一種類に限られていたが、この階層では複数らしい。

「昨日も聞いたけど、ここで現れる魔物の種類を教えてくれない？」

「そうね……ゴブリン、オーク、コボルト、トロール、後は毒を持つ昆虫種が生息しているわ。私は遭遇したことはないけど、ミノタウロスを見たという人もいるわ」

「昆虫種か……」

昆虫型の魔物が存在するらしい。昆虫といっても大きさは人間並みで、厄介な能力を所持していることが多い。大半の昆虫種は強力な毒を持っており、毒を受けたら解毒薬で対処するしかない。回復魔法の中には状態異常を治すものもあるが、生憎《あいにく》とレイト達の中に使える者はいなかった。

「むむっ!?　拙者の耳に何か聞こえてきたでござる……それに前方の方角から近づいてくる反応が三つあるでござる？」

「早速来たのか？」

「冒険者じゃないの？」

「速度が尋常ではないでござる……来たっ!!」

ハンゾウが村正丸を引き抜いた瞬間、前方から羽音を鳴らす緑色の物体が現れた。その姿を見て、レイトは驚きの声を上げる。

「蟷螂《かまきり》!?」

「ギギギギッ!!」

「昆虫種よ!!　気を付けなさい!!」

姿を現したのは、三体の巨大な蟷螂である。体長は、成人した大人ほどの大きさ。両腕の鎌は刀《とう》匠《しょう》が鍛えたように鋭く、その鎌がレイトに向けて振り下ろされる。

「ギギギッ!!」

「うわっ!?」

退魔刀と反鏡剣で蟷螂の鎌を受け止めるが、予想以上の怪力にレイトは膝から崩れ落ちてしまう。が、咄嗟に「限界強化」を発動して身体能力を上昇させる。

「『限界強化』!!」

「ギギィッ!?」

力尽くで鎌を振り払い、続けて蟷螂の頭部に刃を振り抜く。

だが、蟷螂は後方に回避して地上に着地する。レイトは前に踏み出し、大剣を振り下ろす。

「おらぁっ!!」

「ギィッ!!」

正面から迫る刃を蟷螂は両手の鎌で受け止めた。その衝撃に耐えきれず、レイトの退魔刀は弾かれてしまいそうになるが、レイトは「重撃剣」を発動させ、もう一方の手の反鏡剣を突き刺す。

「『疾風撃』!!」

「グギィッ⁉」

強烈な突きを蟷螂の頭部に繰り出して刺した。刃を引き抜いた瞬間に、頭部が転げ落ちる。

その後すぐさまレイトが他の蟷螂に視線を向けると、既にシズネが一体の蟷螂に止《とど》めを刺していた。

「ギィアッ⁉」

「『五月雨突き《さみだれ》』‼」

シズネが強烈な突きを矢継ぎ早に放つと、蟷螂の上半身が一瞬にして砕け散った。

その光景を確認したレイトは、最後の一体に視線を向ける。ゴンゾウが片方の手で蟷螂を壁際に追い込んで拳を叩きつけるのが見えた。

「『拳打』‼」

「――――ッ⁉」

「うえっ⁉」

悲鳴を上げる暇もなく、ゴンゾウの闘拳を装着した右手が蟷螂の胴体を叩き潰し、無残《むざん》にも壁に蟷螂の身体が減《め》り込む。

その光景にダインは口元を押さえ、女性陣は目を逸らした。一方で攻撃を繰り出したゴンゾウは返り血を浴びて眉を顰める。

「むうっ……やりすぎたか」

「大丈夫？」

「平気だ。攻撃は受けていない」

闘拳から血が滴《したた》り落ちる。ゴンゾウは倒した蟷螂に視線を向け、不意に足元に落ちた蟷螂の両手の鎌に気付く。

罅《ひび》割《わ》れもなく、美しい刃紋を見せるそれを拾い上げて、ゴンゾウは感心したように頷く。

「これは凄いな……頑丈で切れ味も鋭そうだ」

「蟷螂型の昆虫種の鎌は武器としても利用されているわ。並の武器よりも切れ味が鋭いし、耐久性も高いから、冒険者の間でも人気があるわよ」

「じゃあ、回収すれば金になるのか⁉　よし、全部回収するぞ‼」

「倒したのはレイト殿達でござるが……」

シズネの話を聞いたダインが蟷螂の死体から鎌だけを採ろうとし始める。その間にもレイトは警戒を緩めずに周囲の様子をうかがっていた。

「こいつら以外に反応はないの？」

「今のところは何も感じないでござるが……それにしても昆虫種とは厄介な相手でござるな。拙者の村正丸の刃を受けても刃毀《はこぼ》れすらしていないでござる」

「あなた達と一緒で良かったわ。私一人だったら間違いなく苦戦していたでしょうね」

結果的には全員無傷で勝利することはできたが、もし蟷螂達が複数で襲撃を仕掛けていたら無事では済まなかっただろう。危険度で言えばレベル3、4に匹敵し、空を飛ぶ際の移動速度も速いため油断すれば命はない。特にダインのような魔術師にとっては厄介な相手である。

「ハンゾウがいたお陰で事前に対処できたけど、もし急に現れたら絶対に混乱してただろうな……助かったよ」

「確かに冒険者集団の中に暗殺者がいるのは心強いわね」

「いや～、そう褒められると照れるでござる」

レイトとシズネに褒められてハンゾウが照れ臭そうに頭を掻いていると、不意に彼女の背後にいたダインが悲鳴を上げた。

「う、うわああああっ⁉」

「ダイン⁉」

「どうした⁉」

ダインは、ゴンゾウが壁に減り込ませた蟷螂の死体に近づいていた。

全員が彼に視線を向けると、ダインの目の前にある煉瓦の壁に人面のような皺《しわ》が浮き上がり、やがて目元の部分が赤く光り輝いた。

シズネは雪月花を握りしめて駆け出す。

「頭を下げなさい‼」

「ひいっ⁉」

シズネの言葉に従って、ダインが両手で頭を押さえて伏せる。彼女は長剣の刃を壁に向けて勢いよく突き出した。

金属音が通路に鳴り響き、シズネは右手が痺《しび》れる感覚に眉を顰める。片側の目元の窪みを破壊された人面がゆっくりと口を開き、咆哮を放とうとする。

『ゴオオオオオオッ!!』

「こいつは……岩人形!?」

「うわわっ!?」

煉瓦の一部が動き出し、全長が四メートルを超える人型の化け物となった。シズネが雪月花を構えながら注意する。

「そいつは煉瓦人形《ブロック・ゴーレム》よ!! 大迷宮の壁に擬態《ぎたい》して待ち伏せしていたようね!!」

「そ、そんな……拙者の感知には何も反応がなかったでござるよ!?」

「完全に壁と一体化している間はそいつらを感じ取ることはできないわ。あなたの落ち度ではないから落ち着きなさい!! まさかこの大迷宮にも存在したなんて……」

『ゴオオオオッ!!』

煉瓦人形はゆっくりと身体を動かすので、通常の岩人形よりも動作は遅いが、その肉体の頑丈さは並の岩人形の比ではなく戦人形並みの硬度を誇る。現に鋼鉄程度の硬度の物体ならば豆腐のように切り裂ける七大魔剣の雪月花の刃を受けても目元の部分が欠けている程度の損傷しか与えられない。

危険を察したレイトが、背後から退魔刀を振り下ろす。

「『疾風撃』!!」

『ゴアッ!?』

煉瓦人形の背中に、アダマンタイト製の大剣の刃が叩きつけられ、表面に罅割《ひびわ》れが生じる。だが、レイトの腕に振動が走り、痺れていた。並の岩人形ならば真っ二つに切り裂けるほどの威力で叩きつけたはずだが、表面に罅割《ひびわ》れを生じた程度で破壊には至らなかった。

「ダイン!!」

「分かってるよ!!『シャドウ・バインド』!!」

『ゴオッ……!?』

相手が本格的に動き出す前にダインが影魔法で煉瓦人形を拘束し、相手を金縛りの状態に追い込む。それを確認したゴンゾウが拳を重ね合わせて突き出す。

「『金剛撃』!!」

『ゴガァッ……!?』

強烈な一撃が煉瓦人形の胸元に叩き込まれ、胸元に僅《わず》かに亀裂が生じる。それを確認したシズネとハンゾウが刀剣を振りかざし、ゴンゾウが与えた亀裂に向けて刃を突き刺す。

「『刺突』!!」

「『抜刀』!!」

『ゴオッ!?』

二人の攻撃が続けざまに亀裂部分に走り、その衝撃で亀裂が広がった。

煉瓦人形が動揺の声を上げる。

硬い物質であるほど実は砕けやすく、ほんの僅かな亀裂といえど衝撃を確実に加えることで内部に損傷を蓄積させ、いずれは破壊に至るのだ。

「皆下がってっ……『兜砕き』!!」

『ゴガァッ……!?』

レイトが退魔刀を振りかざし、背中に叩き込む。強烈な一撃を受けたことで煉瓦人形は全身に亀裂が生じされた。それを確認したゴンゾウが、煉瓦人形の肉体に背後から掴みかかり、ダインに声をかける。

「ダイン!!　こいつの拘束を外せ!!」

「い、いいの!?」

「構わん!!」

『ゴオオッ……!?』

ゴンゾウの言葉にダインは影魔法の拘束を解除すると、煉瓦人形は自分に掴みかかるゴンゾウを振り払おうとする。だが、ゴンゾウは力を振り絞って。背後にある壁に向けて煉瓦人形を叩きつけた。

「ぬおおおおっ!!」

『ゴガァアアアッ!?』

それからプロレスのジャーマンスープレックスのように投げ飛ばし、地面に叩きつけると肉体が粉々に砕け散った。

「ふぅっ……強敵だったな」

「こいつ、物凄く硬いな。ダインがいなかったら苦戦してたかも」

「そうね。中々やるじゃない」

「な、何だよ急に……でへへへっ」

「いや、ちょっと笑い声が気持ち悪いでござるよ……それ照れ笑いでござるか?」

レイトとシズネに褒められてダインは照れるが、その間にゴンゾウは砕けた煉瓦人形から核を探し出した。核の大きさは並の岩人形の比ではなく、通常の核がソフトボールほどの大きさだとしたら、煉瓦人形の物は更に一回りほど大きかった。

「これが煉瓦人形の核か。だが、再生する様子はないな?」

「煉瓦人形は岩人形の中でも最も硬いけど、同時に再生能力が低い個体よ。岩人形の特徴である水に弱いという弱点も同じね」

「そうだったのか。なら、コトミンがいれば楽勝だったかな」

「コトミンというか、スラミンかヒトミンがいればいいんじゃないかな……」

スライムに放水させて水浸しにして弱めることもできるが、そもそもここには外部の魔物は連れ込めない。いずれにしても煉瓦人形を倒すことは一筋縄ではいかないだろう。

「そういえばシズネ、大迷宮には水が流れている場所があると言ってたけど、この階層に水が流れている場所はあるの？」

「あるわよ。第五階層には私も行ったことがないから確かめてないけど、それ以外の各階層には水が流れている休憩地点《スポット》が必ず存在したわ」

「じゃあ、この階層にも水を補給できる場所があるのか。といっても、探し当てるのは難しそうだけど……」

「その通りね。あまり期待しない方が良いわ」

これまでの階層と違い、全体が迷宮として構造されている第四階層では、目当ての休憩地点《スポット》を探すのは困難だろう。まだ水に余裕があるとはいえ、節約する必要がある。

「それにしても、さっきシズネが説明していない奴らばかり現れるな」

「そうね……私も何度かここに入ったことがあるけど、煉瓦人形と遭遇したのは初めてよ。これからは迂闊に壁に近づかないように気を付けないといけないわね」

「拙者も油断していたでござる。まさか感知できない魔物がいるとは……申し訳ないでござる」

「ハンちゃんが悪いわけじゃないよ。俺も全く気付かなかったし……それに敵が近づいてくるまで反応しない魔物がいることが分かったから良しとしよう」

「レイト、この煉瓦人形の魔石はどうすればいい？」

「ゴンちゃんが倒したんだからゴンちゃんが持っていればいいよ。いらなかったら大迷宮の外にいる商人に売却すればいいんじゃない？」

「俺がもらっていいのか？　他の皆はいいのか？」

「別に拙者は構わないでござる」

「最終的にはあなたが倒したのだから、遠慮なく受け取ればいいじゃない」

「僕もいらないよ……落としたらなんか再生しそうだし」

「分かった」

ゴンゾウは自分の革袋に魔石を入れた。


その後、レイト達は探索を再開した。

だが、数十秒も経過しないうちに新たな魔物が出現する。

「ギギィッ!!」

「ギイイッ!!」

「ご、ゴブリンだ!?」

「それも通常種ではないでござる!!　ゴブリンの上位種のホブゴブリンでござる!!」

左右に分かれた通路に到達したレイト達の前に、成人男性並みの身長に、筋骨隆々のゴブリンが出現した。その数は十数体に及ぶ。なお、冒険者から奪ったと思われる鎧や盾を身につけている個体も多い。

最初に襲いかかってきたのは、巨人族《ジャイアント》が使用する大盾を持ったホブゴブリンだった。

「ギイイイッ!!」

「むっ!?」

ゴブリンが大きな盾で自分を覆い隠しながら先頭にいたハンゾウに突っ込み、彼女を突き飛ばそうとする。だが、ハンゾウは壁に視線を向け、ゴブリンが衝突する前に壁に向けて駆け出す。

「秘儀!!『壁走り』!!」

「ギィアッ!?」

「おおっ!!」

ハンゾウが通路の壁を駆け上り、突っ込んできたゴブリンを回避する。同時に背後から刀を振り抜いて首筋を切り裂いた。ハンゾウの行動に他のゴブリンは呆気に取られている。

首筋を切り裂かれて倒れそうになるゴブリンに向けて、ゴンゾウが蹴りを繰り出す。

「『蹴撃《しゅうげき》』!!」

「グギィッ!?」

ゴンゾウが勢いよく突き出した踵《かかと》が大盾に命中し、力任せに盾ごとゴブリンを吹き飛ばす。そうして後方にいた他のゴブリンに衝突させた。

ホブゴブリンは危険を感じ取ったのか、様子見をやめて襲いかかる。

「ギイイイイッ!!」

「来るぞ!!　ダイン!!」

「分かってるよ!!　『シャドウ・スリップ』」

ダインが通路から押し寄せるゴブリンの群れに向けて杖を地面に突き刺すと、彼の影が鞭のように変化して大群の足元を振り払う。しかし、敵は足元から近づいてくる影に気付き、事前に跳躍して回避する。

「ギギイッ⁉」

「避けられた⁉」

「いや、十分だよ!!」

「行くわよ!!」

全てのゴブリンが影魔法の回避に成功するが、それを確認したレイトとシズネが駆け出し、先頭にいるゴブリンに向けてお互いの武器を放つ。

「せいっ!!」

「ギィアッ⁉」

「はあっ!!」

「グギィッ……!?」

一体は大剣の刃で身につけている鎧ごと切断され、もう一体は頭部を突き刺されて絶命する。更にレイトは左手を突き出し、地上に完全に着地する前の別のゴブリンに向けて掌を放つ。

「『衝風《しょうふう》』!!」

「グゲェッ!?」

「ギィッ!?」

衝撃波のように放たれた風圧によって、着地しようとしたゴブリン達が吹き飛ばされた。その様子を確認したシズネは感心した表情を浮かべる。

「へえ……面白い技を持っているわね」

「そう、かな!!」

「ギャアッ!?」

体勢を崩したゴブリンにレイトは退魔刀を振り下ろした。シズネも負けずに雪月花を振り抜いて別の敵を倒す。相手が完全に体勢を立て直す前に畳みかけ、ハンゾウとゴンゾウも動き出す。

「『抜刀』!!」

「ギャウッ!?」

「『拳打』!!」

「グギィッ!?」

ゴブリンの群れが徐々に数を減らし、どうにか体勢を立て直した時には、既に半数近くのゴブリンの死体が地面に横たわっていた。普通のゴブリンならば、仲間が半分もやられれば逃走を開始するが、外界の魔物よりも凶暴性が高いゴブリン達は逃走や退避という考えは抱かない。

「ギイイッ!!」

「ひいっ!?」

指揮官《リーダー》と思われる大柄のホブゴブリンが運動能力が低いダインを指さすと、他のゴブリン達が魔術師のダインを狙う。

レイトは彼のもとに向かおうとしたが、指示を出した大柄のゴブリンが彼の前に立った。

「ギヒヒッ!!」

「どけ、デカブツ!!」

「グギィッ!?」

薄気味悪い声を上げる大柄のゴブリンに対し、レイトは退魔刀を振りかざす。

咄嗟に戦斧の柄で受け止めたが、衝撃にゴブリンの巨体が揺らぐ。相手は自分よりも小柄でしかも片方の手で繰り出された攻撃にもかかわらずである。ゴブリンは表情を歪めるが、その間にも他のゴブリンがダインのもとに向かっていた。

「ギイッ!!」

「うわあっ!?　ち、近づくなっ!!」

「グフゥッ!?」

最初の一体がダインに飛びかかろうとした瞬間、彼が突き出した杖の先端がゴブリンの顔面に的中し、地面に倒れる。

ダインの杖は、影魔法を使用する度に地面に突き刺す必要があるため、先端は槍の刃先のように研ぎ澄まされていた。ゴブリンは眼球を突き刺されて絶命した。

「おおっ!! やるではないでござるか!!」

「ちょ、褒めるのはいいから助けてよ!?」

「待っていろ!!」

「ギイイイッ!!」

だが、他のゴブリンが次々とダインのもとに向かう。ハンゾウが彼のもとに向かい、ゴンゾウも邪魔をするゴブリンを振り払いながら、ダインの援護に向かう。

「ギィアッ!!」

「遅い!!」

他の人間がダインの援護に向かう中、レイトは指揮官のゴブリンと刃を交わし、退魔刀と反鏡剣の刃で戦斧を弾き返す。

「はああっ!!」

「ギイイッ……!?」

戦斧を弾かれ、体勢を崩したホブゴブリンに対し、レイトは退魔刀を握ったまま勢いよく地面を踏み込む。絶好の好機を逃さず、彼は「重撃剣」「疾風剣」、更には「兜割り」の戦技を同時に発動させて加速剣撃を放った。

「うおおおおっ!!」

「グギィイイイイッ⁉」

片方の腕のみで繰り出された斬撃がホブゴブリンの頭部に直撃し、そのまま肉体を一刀両断する。身につけていた鎧さえも切断し、二つに裂かれた巨体が地面に倒れる。

レイトは腕に痛みを覚えながらも安堵するが、彼の背後から別の個体が飛びかかる。

「ギイイッ!!」

「余所見《よそみ》は禁物よ!!」

「うわっ⁉」

「アグゥッ⁉」

レイトの前方から彼の顔を横切ってシズネが雪月花を突き刺し、その刃がゴブリンの頭部を貫き、鮮血が舞う。

他方、ダインに群がっていたゴブリンもハンゾウとゴンゾウが仕留めたらしく、ダインも息を荒らげながらも血塗《ちまみ》れの杖を握りしめていた。

「ど、どうだ……僕が魔法だけしか使えないと思うなよ!!」

「ふうっ……危なかったな」

「普通のゴブリンよりも手強かったでござる」

「息を整えたらすぐに離れましょう。血の臭いを嗅ぎつけて他の魔物がやってくるわよ」

「そう言いながら経験石は回収するんですね……」

シズネは慣れた手つきでゴブリンの死体を解体して経験石を回収し、レイト達も彼女に倣ってゴブリンの死体を漁《あさ》ったのだった。

◆　◆　◆

第四階層に到着してから一時間が経過した頃、レイト達はやっと別の休憩地点《スポット》を発見した。

「おおっ!!　またあの広間でござる!!　これで休めるでござるよ!!」

「た、助かったぁっ……もうへろへろだよ」

「……他に人はいないようね」

最初に訪れた場所とは別のようだが、地面に例の紋様が刻み込まれており、周囲に魔物の気配が感じられない。

魔物との連戦続きで疲れていたレイト達は、即座に身体を休ませるために座り込んだ。

「あ～……きっつい。僕、何回魔法を使ったか覚えてないよ」

「ダインが一番頑張ってたね」

「全くでござる。ダイン殿の影魔法は本当に便利でござる」

「相手を無力化するという点では、本当に凄いと思うわ」

「流石はダインだな」

「な、何だよ急に……」

皆から褒められて照れ臭そうにダインは顔を逸らすが、その顔色はお世辞にも良いとは言えなかった。

大分魔力を消費しており、途中で何度か薬で魔力を回復させたが、魔法を使用した際の疲労感は完全には消すことができなかったためだ。

「それにしても、ここまで来るのに大分戦ったね。昆虫種、煉瓦人形、ゴブリン、オーク、砂人形……今日だけでも随分と素材と経験石が手に入った気がする」

「収納魔法を扱える人間がいると便利ね。あなたのお陰で素材を回収できたわ」

今回の探索では、慣れてきたというのもあり、大量の素材の回収もしていた。大迷宮内の魔物は外部の魔物よりも危険度が高い一方で、手に入る素材の価値が高い。売却すればそれ相応の金銭が支払われるだろう。

「経験石も大分溜まったでござるな」

「この数の分だけ俺達が魔物を倒したということか……」

「相当な金額が期待できるわ」

地面の上に布を敷き、それぞれが回収した経験石を並べる。大小の差はあれど、百個近くの経験石が並べられた。

これだけあれば、レベル1の人間がレベル15まで上昇できるほどの経験値が入手できる。仮にこの場の誰かが全ての経験石を一人で破壊すれば、相当な高さまでレベルを上昇させられるだろう。

「そういえば、皆のレベルはどれくらい上がったの？」

「僕は上がってないよ。レベルは48のまま……まあ、手助けぐらいしかしてないからね」

「え？　ダイン殿は魔術師なのにそんなに高いのでござるか⁉　拙者はレベルが52に上がっているでござる」

「俺は45だ……言っておくが年齢じゃないぞ」

「私は54ね。あなたは？」

「俺も上がってないよ」

レイトのレベルは65に達しており、これは魔術師としては相当に高い。あのマリアでさえ74である。彼の年齢でこのレベルに至った人間は、歴史上でも数えるほどしかいない。正直に話しても信じてくれるとは思えず、レイトはあえてレベルを言わないでいた。

そうして各々が身体を休めて数分ほど経過した頃、シズネが地面に視線を向けながらレイトに質問する。

「……レイト、私達が最初に訪れた休憩地点《スポット》の床を覚えている？」

「え？　床？」

「あの場所の床は確か灰色の石畳だったわね……だけど、ここの地面は煉瓦製よ」

「「「……!?」」」

シズネの言葉に、皆一様に床に視線を向ける。

紋様が刻み込まれているが、確かに最初に訪れた休憩地点《スポット》とは床の材質が違っていた。単純に材質が違うだけかもしれないが、違和感は拭えなかった。

「き、気にしすぎじゃないのか？　ハンゾウも何も感じないんだろ？」

「少なくともこの近くに魔物の気配は感じないでござるが……煉瓦人形の一件もあるから、絶対大丈夫とは言いきれないでござる」

「だが、この紋様は休憩地点《スポット》に刻まれていたものと同じだぞ？」

「そうね、確かに紋様の形状は全く同じね。だけど……」

床の紋様に触れたシズネは眉を顰める。

最初に訪れた休憩地点《スポット》の床の紋様は、削り取った上で色が塗られていた。しかしこの場所の紋様は、形状こそ同じであるが、色が塗られているだけで削り取られていなかった。

「ここはもしかしたら休憩地点《スポット》ではないかもしれないわ。私の考えすぎかもしれないけど……」

「だけどハンゾウは何も感じないんでしょ？」

「それは間違いないでござる。少なくとも拙者の感知できる距離には反応はないでござるが……」

「ハンゾウの感知を疑っているわけじゃないけど、ここがもしも休憩地点《スポット》ではないとしたら、魔物が寄りつかない理由が気になるわ。少し調べてみましょう」

「気にしすぎだと思うけどな……」


その後、レイト達は広間の調査をし始め、迂闊に壁に近づかないように気を付けながら様子を調べた。こういう時はレイトの「観察眼」の能力が役立つ。

各々が床を調べていると、ダインが唐突に頭を押さえる。

「ううっ……」

「え？　どうしたのダイン？　顔を押さえたりなんかして……厨二病を発症したの？」

「その言葉の意味は分からないけど、馬鹿にしてるだろ……おかしいな、休んだはずなのに身体がだるい」

「魔法を使いすぎた影響か？」

「いや、さっきまで普通だったんだけど……皆は何も感じないの？」

「拙者は特に平気でござる」

「俺もだが……」

「私は……」

シズネは途中で返事を止め、言われて気付いたように自分の掌を見る。レイトもダインと同様に体調に異変が起きていることに気付いた。

「そういえば少し身体がだるい気がするけど……気のせいかな？」

「いえ、違うわ。多分だけど、私達の魔力がこの紋様に吸い取られているのよ」

「えっ⁉」

シズネの発言に全員が驚く。

彼女は雪月花を引き抜いて刀身に視線を周囲に向け、眉を顰める。魔剣である雪月花は刀身に冷気を纏っており、放たれる冷気が地面に流れる。それを確認したレイトは、試しに「光球」の魔法を発動させて様子をうかがう。

「『光球』……あ、本当だ。勝手に地面に引き寄せられるや」

レイトが作り出した「光球」は、普段ならば彼の意思に従って移動する。だが、光の球体は地面に自動的に接近し、やがて紋様の中に吸い込まれるように消えてなくなった。

その様子を見たシズネは雪月花を鞘に戻し、忌々《いまいま》しそうに紋様を踏みつけた。

「この場所には、魔力を吸い取る罠が仕掛けられていたのね。ゴンゾウとハンゾウさんが気付かなかったのは、二人が魔術師の職能を習得していないからね。この言い方はどうかと思うけど、二人は身体から溢れるほど魔力を持たないので、体調に異変が起きなかったのね」

「おお、そういうことでござるか!!」

「そうだったのか……」

「その理論だと、魔術師は常に魔力を体外に放出していることになるけど……」

「放出というより、魔力を身に纏っていると考えた方がいいわ。目には見えないけど、私達は常に魔力を身体に纏わせて身を守っているの。だから魔術師は魔法耐性が高いのよ」

シズネによれば、魔術師は普段は意識していないが、常に自分の身を守るために身体の周りに微量な魔力を纏い続けているらしい。この魔力がバリアの役割をして、魔法の攻撃に対して強い耐性を得ているのだという。

「じゃあ、ここで休憩するのはまずいじゃん!! ずっと魔力を奪われ続けるんだろ!?」

「そういうことね。罠というよりは条件付きの休憩地点《スポット》というところかしら……少なくとも私達にはきつい環境ね」

「魔術師の方は大変でござるな」

「自分達は平気だからって他人事《ひとごと》のように……」

結局、レイト達は探索を再開させることになったのだが、レイトは魔力を吸収する魔法陣に視線を向け、ある考えを抱く。

「…………」

「どうしたレイト?」

「いや、ちょっと気になることがあってさ。試してみる」

レイトは紋様のある広間から離れて通路にやってくると、「光球」の魔法を発動する。すると、魔法陣の上にいた時は紋様に吸い込まれるように「光球」が移動していたが、今回は彼の意思で自由に動かせた。試しに魔法陣が存在する場所に「光球」を移動させたところ、吸い込まれない。自分が魔法陣のある場所にいなければ吸い込まれないらしい。

「あ、見てよ。魔法陣の上だと魔力を吸われるみたいだけど、通路にいれば魔力は吸収されないんじゃないかな？」

「……嘘でしょう？」

「本当だって、ほらほら」

レイトは「光球」を動かし、魔法陣に近づかなければ安全なことを示した。

シズネは拍子抜けした表情をする。

「何だ……それなら通路で休めばいいじゃん。魔物の気配は感じないんだろ？」

「それなら安心でござるな」

「盲点だったな」

「……少し気を張り詰めていたのかしら。まさか、こんなことにも気付かないなんて」

「でも俺はここで休むよ」

「「え？」」

通路側に荷物を置くと、レイトは魔力を吸収する魔法陣の上に移動し、その場に座った。

魔法陣にいる限りは体内の魔力を吸い取られてしまうが――レイトは下の階層でホネミンから教わったことを試そうとしていた。


『――レイトさんは魔鎧術《まがいじゅつ》という技術をご存知ですか？』

『魔鎧術？』

『私がいた時代の魔術師が扱っていた技術で、自分達の身を守る魔法の鎧を作り出す術です。興味があるのならコツを教えますよ？』

『骨だけにコツ、か……50点』

『いや、別に駄洒落《だじゃれ》を言ったわけじゃないですけど!?』

ホネミンの時代は、普通の人間は一つの職能しか習得できず、今の時代よりも魔術師が多かったこともあり、戦《いくさ》の際に魔術師が前線に立った。だが、魔術師は身体能力が低いので、戦闘職には対抗できるはずがない。

だからこそ、彼女の時代の魔術師は新しい魔法を作り出した。

砲撃魔法、防御魔法、初級魔法、広域魔法、そのどれにも属さない――魔鎧術と呼ばれる技術を編み出したのだ。

『この技を身につけた魔術師は恐ろしいですよ～。攻守ともに優れた魔法なので、私も何度も戦場では助けられました』

『そんなに凄いの？』

『センスがある人なら一か月ぐらいで覚えられますよ。さっきも話してましたけど、私の身体も魔力で覆われていることを説明しましたよね？　ちょっと触ってみますか？』

『どれどれ……』

レイトがホネミンの身体に触れようとすると、見えないゴムのような物に阻まれ、彼女の身体の数センチ手前で遮られてしまう。確かに見えない鎧のような物を纏っており、ホネミンはこれを自分の失った皮膚や筋肉の代わりとして利用しているという。

『ちなみに魔鎧術は二つのパターンが存在します。今現在の私の場合はゴムのように軟質化させて身体を覆っていますが、魔力を一か所に固めれば硬質化させることもできます』

『へえ、面白そうだな』

『だけど使用するには「魔力操作」という技能スキルを覚えていないといけません。レイトさんは覚えてますか？』

『覚えてない』

『それなら先に「魔力操作」を覚える必要がありますね』

ステータスを確認してもホネミンが告げた技能スキルはなく、このスキルがない限りは彼女が語る魔鎧術というのを使用できないらしかった。結局はホネミンの指導を受けても習得には至らなかった。

それでも彼女から魔鎧術の基礎を学んだレイトは、第四階層で発見した魔法陣を利用して「魔力操作」の習得に挑もうとしていた。

「ふうっ……『光球』」

「おおっ、これだけの『光球』を一瞬で⁉」

「ちょ、うるさい。見学はいいけど少し静かにしててね」

「も、申し訳ないでござる」

魔法陣の広間に戻ったレイトは、通路で休憩するシズネ達に見られながら座り、周囲に複数の「光球」を生み出す。

だが、全ての「光球」は魔法陣に吸い寄せられるように落下し、紋様に触れた瞬間に消失してしまう。それを確認したレイトは自分の身体に視線を向け、「魔力感知」のスキルを発動させると、今も自分の身体から微かに魔力が吸い取られていることを感じ取った。

(最初は何も感じなかったけど……今なら少し分かる)

普通の魔術師よりも魔力容量が大きい付与魔術師のレイトは、膨大な魔力を所持していたせいで、ダインが体調を崩すまで自分の魔力も吸い取られていることに気付かなかった。しかし、現在は意識を集中させれば自分の魔力が僅かに吸い取られていく感覚を掴み、それは「付与強化」を発動している様な感覚に近いことに気付く。

(魔力を吸収される、魔力を送り込む……体外に魔力を放出するという点では同じか)

吸収され続ける魔力を体内に留めようと試みると、意外なほどにあっさりと成功した。そして何事もなくスキルを習得した。

〈技能スキル「魔力操作」を習得しました〉

「おおっ」

喜びの声を上げると、また別のスキルを取得する。

〈技能スキル「魔力吸収」を習得しました〉

「ありっ?」

文面を確認する限りでは魔力を吸収する能力を入手したらしい。試しにレイトは掌を構えて新しく覚えた能力を試す。

「えっと……『氷塊』」

最初に掌に拳ほどの大きさの氷の塊を生み出し、それを握りしめた状態で「魔力吸収」を発動させる。

　すると、時間はかかるが徐々にレイトの掌に収まっていた氷塊が縮まり、やがて溶けたように消え去った。魔法の発動で失った分の魔力を吸収するスキルだった。

「おおっ、なんか面白いスキルも覚えた」

「どうかしたのか？」

「何でもないよ。というか、みんなくつろぎすぎじゃない？」

　通路に視線を向けると、シズネ達が地面に布を敷いて、レイトが出発前に作り出した弁当を食べていた。その様子に呆れながらも、自分のために付き合ってこの場所に残ってくれていることを思い出し、レイトは次の作業に移る。

「ここからが本番だな、よし!!」

　無事に「魔力操作」を覚えたレイトは気合を入れ直して体中から魔力を迸《ほとばし》らせ、ホネミンに教わった方法で、自分の肉体に魔力で構成した膜を作り出そうとする。

　だが、予想以上に身体から迸る魔力を作るのは難しく、感覚的には炎のように魔力が放たれてしまい、上手く操ることができない。

「難しいな……それに魔力もかなり消費するんだな」

　本来の魔鎧術は魔力を身体に固定化されるので魔力の消費はむしろ抑えられるのだが、まだ慣れていないせいか、レイトの場合は炎のように魔力を放出してしまい、操作しきれない魔力が地面の魔法陣に吸い込まれてしまう。ホネミンは上手く自分の身体に鎧のように纏わせていたが、レイトの場合はバーナーの炎のように放出し続けてしまう。

「逆にどれくらいの魔力が生み出せるのか試してみようかな」

レイトは自分がどれほどの魔力を体外に放出できるのか気にかかり、両拳を握りしめて力を籠める。そして魔力を一気に放出する想像《イメージ》を抱き、魔力を解き放つ。

「はああっ!!」

「うわっ!?」

「レ、レイト殿!?」

「……これは!?」

レイトが気合の言葉を告げた瞬間、彼の身体から紅色の光が放たれる。それは「重力剣」や「重撃剣」を発動させた時に生まれる重力の魔力と似ていた。あまりの魔力密度に、他の人間でも目視できるほどの輝きを放っている。

「くっ……かなりきついなこれ」

自分の肉体を覆う紅《くれない》の魔力に視線を向ける。一瞬でも力を緩めると掻き消えてしまいそうになるが、この状態ならば全身を魔力で覆うことはできる。肉体の一部を重力の魔力で包む「重撃」のスキルを身体全体で発動させているような感覚だった。

レイトは壁側に近づいて拳を突き出す。

「ふんっ!!」

「重撃」なら攻撃力が上昇しているはずだが、突き出した拳は壁に当たっても衝撃が拡散するように流れてしまった。拳に痛みはないが、壁の方も無傷である。

全身を炎の形をした弾力性があるゴムで覆ったことで、外部からの衝撃には強いが、逆に自分の攻撃力も殺されてしまうという結果になったようだ。

「重力を纏っているわけじゃないのか。こういう色合いになったのは、俺がよく土属性の魔力を使うからかな?」

自分が得意とする属性の魔力の特徴が出るのか、レイトの魔鎧術の色合いは紅色だった。だが、あくまでも色が似ているだけで、重力の性質は持ち合わせていない。

「ふうっ……きっついな」

「な、何が起きたのでござる?」

「ちょっと待って……まだ試したいことがある」

ホネミンのように、微量な魔力だけで身体を覆うことはできなかったが、彼女から教わったもう一つの方法を試すことにする。

右拳に意識を集中させて魔力を拳の部分に集中させると、紅色の魔力が再び迸る。炎のように見えるが、本物の炎のように熱くはない。実際に触れてみても熱は感じられない。

そうではなく金属のような硬さが感じられた。魔力を圧縮させると硬質化すると、ホネミンからも聞いていた。

「よし、これなら……はああっ!!」

「おおっ!?」

レイトは勢いよく地面を両足で踏み込み、足の裏から足首、膝、股関節、腹部、胸、肩、肘、腕の順番に身体を回転及び加速させ、勢い良く拳を打ち込んだ。

「『弾撃』!!」

強烈な衝撃が壁に広がり、ミスリル級の武器でも傷つけられない頑丈な壁に、僅かながらに亀裂が生じた。

シズネ達が驚いている中、レイトは右腕を押さえて跪《ひざまず》く。

「いててて……腕が痺れた!?」

「大丈夫でござるか!?」

「平気平気……ちょっと痺れただけ」

「全く、何してるのよ。ちょっと格好いいと思ったのに……」

あくまでも拳の部分を強化しているだけ。ゴンゾウの闘拳のように、硬い物を身につけて殴りつけただけに過ぎない。

硬質化させたことで衝撃が流せなかったらしい。レイトは痺れた右腕に「回復超強化」を発動させて痛みを和らげた。

シズネが、罅割《ひびわ》れた壁に手を当てながら質問する。

「今のは何？　あなたの新しい魔法？」

「ホネミンから教わった新しい魔法だよ。でも、俺向きじゃないみたい」

「確かに威力は素晴らしいけど、どちらかというと格闘家向けの能力ね」

「魔力の消費も激しいし、使い道が難しいかな」

ゴンゾウのように素手で戦うならばともかく、レイトは主に剣を扱う。折角覚えたとはいえ、この能力は実戦で使用する機会が訪れるのかは分からなかった。

だが、魔鎧術で全身を覆えば外部からの衝撃を拡散できる。また、一か所に集中すれば硬質化させて、攻撃に利用することもできなくはない。

「もうちょっと練習が必要かな……よし、この煉瓦を粉砕するまで頑張ろう!!」

「だめよ。そろそろ先に進まないと、今日中に戻れなくなるわ。コトミンさん達を心配させる気？」

「はい、すいません……」

シズネの冷たい言葉にレイトは頭を下げる。今日のうちに転移水晶を発見して外に出て、日が暮れる前に宿に戻る必要があるのだ。

レイトは練習を中断して探索を再開するのだった。

4

レイト達が第四階層に到着してから二時間が経過した頃、通路に佇《たたず》む十数人の冒険者を発見した。彼らは困惑した表情で話し合っている。

「やっと他の冒険者を見つけたでござる」

「だけど、様子がおかしいな。何か問題事かな？」

「ちょっと話を聞いてみましょうか」

レイト達は冒険者達に近づく。彼らには泥や返り血が付着していた。長い時間この階層で過ごしていりのかもしれない。疲れきった表情をしている。

「くそっ……やっと出口を見つけたっていうのに」

「なんであんな奴らがここにいるんだよ」

「どうかしたのか？」

「うおっ⁉　な、なんだ巨人族《ジャイアント》か……驚かすなよ」

ゴンゾウが冒険者の一人に尋ねると、相手は魔物かと思ったのか、身構えてしまった。だが、すぐに武器を下す。

かなり気を張っているようだが、レイトがゴンゾウの代わりに質問する。

「何か起きたんですか？」

「君達も冒険者かい？　いや、実はな……僕達はやっと転移水晶が存在する広間を発見したんだ」

「広間？」

「ごめんなさい、説明し忘れていた。この階層だけは例の建物は存在しないの。大きな広間に祭壇があり、そこに転移水晶が設置されているのよ」

シズネが思い出したように言うと、冒険者が近くの通路を指す。レイトが不思議に思って近づこうとすると、肩を掴まれて止められる。

「危ない!!　顔を出したら危険だ!!」

「危険って……」

「通路の奥に魔物がいるんだ。気付かれないように静かに様子をうかがってくれ」

冒険者の言葉に従って、レイトはそっと通路に近づき覗く。

通路は随分と長く、少なくとも二十メートルほど続いていた。

そして、通路の奥に緑色の巨人がいる。

レイトは、トロールかと思って驚いたが、通常のトロールと比べて随分と筋肉質であり、しかも顔つきがゴブリンとよく似ていた。

「あれは……!?」

「ゴブリンキングでござる。ゴブリンの種の中でも最上位に位置する魔物でござるよ!?」

「まずいわね……まさかこんな所であんな大物と出会うなんて」

通路の奥で座り込む巨大なゴブリン。「遠視」の技能スキルを発動させて更に奥を見ると、大きな広間があった。その広間の中心に祭壇があり、転移水晶が浮揚している。

「奥に転移水晶がある。だから皆、ここで立ち往生してたのか」

「そういうことさ。君達も分かっただろう? 近づけばあの化け物と戦わなければならない。だけどゴブリンキングなんて大物、それこそAランクの冒険者が十人もいないと対応できないんだよ」

「ここにいる奴らは全員がCランク止まり、君達はどうだい?」

冒険者の問われ、一同は返答する。

「拙者は一応はAランクでござる」

「Cランクだ」

「僕はBだけど……」

「俺はCです」

「私は傭兵よ。階級の概念は存在しないわ」

「そうか……いや、その年齢で大したものだね」

レイト達が自分の階級を答えると、冒険者達は微妙な表情を浮かべた。Aランクだと言うハンゾウは暗殺者にしか見えず、暗殺者はダンジョンでの戦闘に向いてるとは言えない。全員の見た目はまだ子供同然で、実際にレイトとゴンゾウに至っては、成人年齢を迎えていなかった。

「どうする？　このまま通路で待ち続けてもしょうがないだろ」

「ならゴブリンキングに挑むのか!?」

「馬鹿!!　声を抑えろ……挑むとは言ってねえだろ。他の通路で迂回して気付かれないようにあの広間に向かえばいいだろ」

「無理だ。転移水晶が存在する広間の通路は一つだけだ。つまりこの通路を押さえられている限りは広間には入れないんだよ」

「くそっ!!　どうしようもねえのかよっ!?」

ゴブリンキングを突破する方法が思いつかず、疲労困憊の冒険者達は苛立ちを見せた。一か八かの賭けで挑むにはあまりにも強大な相手である。

レイト達は通路に別の魔物が現れないか警戒しながら、良案がないか話し合う。

「ゴブリンキングか……トロールより強そうだな」

「通常のゴブリンキングはレベル３よ。だけど、大迷宮に生まれたゴブリンキングはゴブリンロードとも呼ばれるわ。レベル４の強敵よ」

「ということは、オーガ級に厄介な相手ということか。まあ、それなら何とかなるかな」

レイトは通路の奥に視線を向けた。確かに普通の魔物と比べて威圧感があり、深淵の森に生息していたミノタウロスを彷彿《ほうふつ》させる。しかし、今のレイトは不思議と恐怖は感じなかった。

「ダインの魔法で止められないの？」

「まあ、近づけばなんとかなると思うけど……」

「おい、やめとけよ!!　お前ら、まさか挑むつもりか!?」

「勝手なことはしないでよ!!　あいつがこっちに来たらどうするのよ……!!」

他の冒険者がレイト達を引き留めるが、ここで立ち往生していても仕方がなく、いつまでも時間をかけていたら他の魔物と遭遇してしまう。

痺れを切らし、シズネがぴしゃりと言う。

「私達は行くわよ。別にあなた達も一緒に戦えとは言わないわ。だけど邪魔はしないで頂戴」

「こ、このガキ……!!」

「お、おい待てよ!!　君達も落ち着くんだ!!　ゴブリンキングに勝てる作戦があるのかい？」

「あるわよ」

「あるのか!?」

「あるの？」

即答したシズネに冒険者達だけではなく、彼女の傍にいたレイトまでもが聞き返すと、彼女は呆れたような表情を浮かべながら言う。

「あなたのあの技なら一撃で済むでしょう？」

「おおっ!!　あの技のことでござるな!!」

「あっ……でもあれは発動に時間がかかるし、隙が大きいから使うなって……」

「それはあの技を事前に知っている相手と戦う時の話よ。ゴブリンキングがあなたのことを知っていると思う？」

「何の話だ？」

「そ、そんなに凄い技を覚えてるのか？」

剣鬼《けんき》の真の力を使えば、ゴブリンキングさえ葬《ほうむ》ることは容易い。シズネがレイトにそのことを暗に伝えると、事情を知らないゴンゾウとダインが首を傾げ、闘技場のルナの正体を知っているハンゾウは納得していた。

「これまでの修業の総仕上げよ。援護はしてあげるから、あなたが仕留めなさい」

「いや、修業って……シズネに剣の稽古《けいこ》してもらったことないんだけど？」

「手合せぐらいはしてあげたでしょう？　ほら、行くわよ。私が先に仕掛けるから後に続きなさい」

「拙者もお供するでござる」

「ああ、もう……しょうがないな」

「ちょ、待てよ!?」

「危険すぎる!!　やめるんだ!!」

通路に向かう三人を慌てて他の冒険者が引き留めようとするが、既にハンゾウは「隠密」と「無音歩行」、更には忍者だけが扱える「壁走り」の技能スキルを発動して駆け出す。

「行くでござる!!」

「「……………!?」」

通路内にハンゾウの声が響き渡る。座り込んでいたゴブリンキングが驚いた表情で顔を上げるが、「隠密」を使用した彼女は存在感を限りなく消しており、認識するのに時間がかかる。更に進むと、彼女は通路の左右の壁を「跳躍」のスキルを利用して飛び回り、ゴブリンキングの注意を引きつけながら近づいた。

「私の後に続きなさい!!」

「分かった!!」

即座に駆け出したシズネの後に続いて、レイトは両手で退魔刀を握りしめながら駆け抜ける。ゴブリンキングは最初に突入してきたハンゾウに意識を奪われ、レイト達が接近してくるまで気付かなかった。

「グギィイイッ!!」

「『飛脚』!!」

ゴブリンキングが身体を起こす。そして地面に置いていた巨人族《ジャイアント》用の大剣を振りかざし、ハンゾウに向けて振り下ろした。

だが、彼女は空中の何もない所で蹴る動作をし、足の裏から衝撃波を生じさせて後方に回避する。

その結果、大剣が地面に叩きつけられ、派手な土煙が舞い上がる。

「構わずに進みなさい!!」

「ギイッ……!?」

土煙が通路内を覆う。ゴブリンキングの視界に正面から近づいてくる二つの影が映った瞬間――土煙の中から、雪月花を突き出すシズネの姿が出現した。

「『刺突』!!」

「ギィアッ……!?」

彼女が突き出した長剣が大剣を持つゴブリンキングの両手に突き刺さり、貫通した箇所から徐々に凍りつく。

その隙を逃さず、シズネの背後から、退魔刀を抱えたレイトが姿を現す。

「後は任せたわよ」

「任せろっ!!」

「ギイイッ……!?」

シズネが雪月花を引き抜き、バク転でレイトの後方に移動した瞬間――退魔刀を振りかざしたレイトは「限界強化」で身体能力を上昇させ、更に「重撃剣」を両手に発動させ、身体全身の筋肉を使用して撃ち抜く「撃剣」を発動させる。

「うおおおっ!!」

「ッ……!?」

ゴブリンキングの視界に、人の姿を保ちながら、鬼のような気迫を放つ少年の姿が映し出された。

そして、レイトは更に自分が最も得意とする戦技の「兜割り」を発動させ、全身全霊の一撃を叩き込む。

「はああっ!!」

ゴブリンキングの頭部に退魔刀が衝突。

一瞬にして胴体は切り裂かれ、巨体が一刀両断された。

冒険者達はただ目を見開いていたが、間近で確認していたシズネは歓喜の表情を浮かべる。

「……流石ね」

「ふうっ……いてて、腕を痛めた」

何事もなかったように、レイトは地面に埋もれた退魔刀を引き抜き、切り裂かれたゴブリンキングの死体から経験石を取り出した。

「ふうっ……何とかなったな」

「相変わらず馬鹿げた威力ね。あなたが敵でなくて本当に良かったわ」

「恐ろしい威力でござるな……これほどの巨体を真っ二つに切り裂くとは」

「お、おい!!　大丈夫か!?」

「流石だな」

遅れてダインとゴンゾウが辿り着き、横たわるゴブリンキング、そしてレイトに視線を向ける。レイトの凄さは前々から知ってはいたが、以前よりも遥かに強くなっていた。

「お、おい!!　君達大丈夫か!?」

「まさか本当に倒したのか!?」

「信じられねえ……こんな化け物をガキが倒すなんて!!」

「何なんだこいつら……」

他の冒険者達も駆け寄り、倒されたゴブリンキングに視線を向けて驚愕の表情を浮かべる。それから、遂に転移水晶の台座がある広間が解放されたことで喜びの声を上げる。

「やった!!　これで帰れるぞ!!」

「急いで戻りましょう!!」

「もう帰って休みたいぜ……」

「あ、おい!?　お礼ぐらい言えよ!!」

ゴブリンキングの死体を避けて、転移水晶の広間に殺到していく大勢の冒険者達。ダインが文句を告げようとした時、広間の方から悲鳴が響き渡った。

「ぎゃあああっ!?」

「う、うわあああっ!?」

「どうした!?」

「まさかっ……」

　ゴブリンキングの解体を中止して、レイト達も広間に向かう。

　転移水晶の台座の前では人型の魔物が鎮座していた。その魔物の手に冒険者二人の頭が握りしめられ、凄まじい握力で握り潰されてしまった。

「ひいいっ⁉」

「な、何でこんな所にこいつが……」

「あれは……リザードマン⁉」

　二人の冒険者を殺害した人型の魔物——それは全身が緑色の鱗《うろこ》で覆われ、長い尻尾を身体に巻きつかせ、蜥蜴《とかげ》の頭部を持つ化け物だった。その姿を見たシズネが驚きの声を上げ、レイトは初めて見る魔物に足がすくんでいた。

「何だこいつ……サイクロプス、じゃないの？」

「リ、リザードマンだよっ‼　お前、リザードマンを知らないのかっ⁉」

「魔人種の中でもミノタウロスに並ぶ凶暴な魔物よ。その鱗の硬さはサイクロプスにも匹敵し、竜種のように強力な吐息《ブレス》を生み出せる危険な魔物よ」

「シャアアアッ……‼」

　魔物の生態に詳しいダインとシズネがレイトに説明すると、リザードマンは口を開いて蛇《へび》のように細長い舌を差し出し、周囲にいる冒険者達を見て咆哮を放つ。

「シャオオオオッ!!」

「う、うわああああっ!?」

「ガジン!?　くそ、離しやがれっ!!」

リザードマンが傍にいた獣人族《ビースト》の男性に飛びかかり、力尽くで押し倒す。そして鋭利な牙を首元に食い込ませた。

倒された男の仲間が引きはがそうとするが、リザードマンの尻尾が叩きつけられ、仲間達は吹き飛んでしまう。

「ぐあああっ!?」

「シャアッ!!」

「ひぎぃっ!?」

リザードマンは恐ろしい咬筋力で首を食いちぎり、広間に鮮血が舞う。その光景に悲鳴すら上げられず、誰もが恐怖で身体を硬直させてしまう。

「シャアッ……!!」

「ひうっ!?」

「ち、近寄るな!!」

口を赤く染めながらリザードマンが顔を上げ、他の冒険者を見やる。彼らは武器を構えるが、身体が震えてまともに動けない。

「こ、この……『フレイムランス』!!」

「なっ!? やめなさい!!」

杖を構えた魔術師の女性が、火属性の砲撃魔法を放った。

熱の塊が光線のようにリザードマンに向かうが、リザードマンは死体を放して空中に跳躍。魔弾が衝突して死体が炎の包まれた。

「うわぁっ!? が、ガジン!!」

「え、あっ……て、敵を狙ったのよ!! 私のせいじゃ……!!」

「余所見してるんじゃねえっ!!」

「シャアッ!!」

仲間の死体が燃えたことで、先ほどリザードマンに吹き飛ばされた男性冒険者が声を上げる。

女性はパニック状態に陥っている間に、リザードマンは広間を駆け抜ける。狙いは、小髭族《ドワーフ》の男性冒険者だ。

「シャアッ!!」

「うおおっ!? く、舐めるんじゃねえっ!!」

刃物のように研ぎ澄まされた爪を振り下ろすリザードマン。小髭族《ドワーフ》の男性は握りしめていた鉄槌《てっつい》を両手で構えて受け止めた。

しかし、強い腕力に鉄槌が押し込まれる。更にリザードマンは反対の腕を構え、空手の貫手《ぬきて》のような形にするとそのまま突き出した。

「ガアッ‼」

「ぐはぁっ⁉」

ダガンと呼ばれた男性冒険者の腹部がリザードマンに貫かれた。ダガンは血反吐《ちへど》を吐いて鉄槌を落とす。

「ダガンさん⁉」

「くそ、何してんだよ‼　早く魔法を撃てっ⁉」

「む、無理よ‼　あんなに密着していたらあの人も……」

彼の仲間が魔術師の女性に魔法を催促するが、他の者を巻き込む危険性があるので彼女には魔法を撃てなかった。

「くそっ……『シャドウ・バイト』‼」

「グウッ……⁉」

「うおおおおっ‼」

見ていられず、ダインが杖を突き出して自分の影から狼の頭を放ち、リザードマンの腕に噛みつかせる。「シャドウ・バイト」は相手の能力を一時的に弱体化する魔法。攻撃を受けたリザードマンは脱力感に襲われた。

その隙を逃さず、ゴンゾウが闘拳を構えて突き出す。

『金剛撃』!!」

「ギャアッ……!?」

「やった!?」

リザードマンの肉体にゴンゾウの一撃が打ち込まれ、リザードマンは壁際まで吹き飛ばされた。

その光景に歓喜の声が上がる。

ゴンゾウは打ち込んだ時の感触に違和感を覚え、即座に声を上げる。

「当たっていない!!　後ろに跳んで衝撃を殺したんだっ!!」

「えっ!?」

「なんとっ!?」

「シャアッ……!!」

リザードマンが起き上がり、自分の腕に噛みついたままの狼の頭に視線を向け、大きく息を吸い込む。

「アガァアアアアアッ!!」

「うわっ!?」

「か、火炎放射!?」

「炎の吐息《ブレス》よ!!」

リザードマンの口から火炎が吐き出され、腕に噛みついていた狼の頭が掻き消えた。影魔法の弱点は強い光なので、炎でも掻き消すことが可能なのだ。

身体を襲っていた脱力感から解放されたリザードマンは炎を吐くのをやめ、腕の具合を確かめるように動かす。火炎を受けたにもかかわらず腕には火傷した様子がない。

「あいつ、熱くないの？」

「リザードマンの鱗は特殊なのよ。金属のように硬く、炎に対して強い耐性を持っている。厄介な相手ね……」

「ぼ、僕が押さえるからその間に皆で攻撃してくれよ!!」

「あれほど速く動き回る相手をあなたは捕らえられるの？」

「うっ……」

ダインが「シャドウ・バインド」を命中させれば、リザードマンであろうと捕らえることはできるだろう。だが、そのためには影魔法を当てなければならない。リザードマンの移動速度が非常に高く、影を繰り出したとしても回避されてしまうに違いない。

「ここは拙者に任せてほしいでござる。久しぶりの強敵でござるな……腕が鳴るでござる」

「倒す自信はあるの？」

「足の速さなら拙者も負けないでござる!!」

ハンゾウが村正丸を引き抜き、リザードマンに向ける。すると、相手も警戒するように壁を背にしながら身構える。

両者は睨《にら》み合いながら相手の様子をうかがう。広間が緊張感に包まれるが、ここでダインが疑問を抱く。

「あ、あれ？　そういえばレイトの奴はどこに行ったんだ？」

「言われてみれば……姿が見えないわね」

「レイト？」

先ほどまでいたレイトの姿が消えていることに気付き、周囲の様子をうかがう一同。彼の姿はどこにもなく、「隠密」などのスキルを利用して姿を消している様子もない。

「おい、こんな時にどこ行ったんだあいつ⁉　一番頼りになる奴が何でいないんだよ‼」

「逃げた……とは考えられないわね」

「当たり前だ。レイトは仲間を見捨てるような奴じゃない」

「それならどこに……あっ⁉」

「シャアッ……？」

ダインがリザードマンに視線を向けた。その彼の顔を見たリザードマンは不思議そうに顔を後ろに向ける。そしてそこにあった空間魔法の黒渦を目にするのと同時に――渦の内から拳が突き出された。

「『撃雷《げきらい》』‼」

「アガァッ⁉」

「「「えええっ⁉」」」

黒渦から突き出た重力と電撃を纏った拳がリザードマンの頬を殴り飛ばす。予想外の攻撃にリザードマンも反応できなかった。

「ふうっ……奇襲成功」

「レ、レイト⁉」

「どこから現れたのでござるか⁉」

「そこの通路からだよ。隠れて様子を見てた」

広間の壁際にあった黒渦が大きくなり人間が通れるほどになると、その中からレイトが姿を現した。彼は少し前に目立たないように通路に引き返し、リザードマンの背後と自分の前に小さな黒渦を作り出して繋げておいたのだ。

「いててっ……やっぱり、剣でやれば良かった」

「シャアアッ……⁉」

「おっと、逃がすかっ‼」

レイトは拳を押さえながらも、リザードマンを見下ろし、素早く背中の退魔刀を手に取って全力の一撃を放った。

「『兜砕き』‼」

「シャギャアッ!?」

「撃雷」の電撃により動けないリザードマンの背中に斬撃を与え、今度はリザードマンの血が広間の地面に染み渡る。

「シャアアッ……!!」

「まだ生きているか、だけどこれで!!」

「アガァッ!?」

さらに斬撃を与えるものの、リザードマンの頑丈な鱗で防がれてしまった。

それでももう一撃叩きつけると、同じ箇所に攻撃を加えられたことで刃が食い込み、鱗が剥がれて血飛沫が舞った。

「シャギャアッ……!!」

「はああっ!!」

そこへ向けて、レイトは退魔刀の刃を突き刺した。

退魔刀がリザードマンの肉体を貫通する。

「アガァアアアッ……!?」

「ふんっ!!」

レイトが退魔刀を引き抜くと、リザードマンは倒れたまま動かなくなった。

シズネが鞘《さや》でリザードマンの頭を刺激して完全に事切れたのを確認し、戦いを見守っていた他の人達に声をかける。

「もう大丈夫よ。完全に死んでいるわ」

「そ、そうか……それなら良かった」

「ううっ……ガジン!!」

「アダン!!　どうしてこんなことに……!!」

リザードマンに殺された冒険者の死体に仲間達が群がり、その死を悼《いた》んだ。

レイトは自分がもっと早く動けば彼らは犠牲にならずに済んだのではないかと考えていたが、そんな彼の考えを読み取ったようにシズネがレイトの肩に手を置く。

「気に病むことはないわ。あなたは最善を尽くした、彼らは運が悪かったのよ」

「うん……」

「もう行きましょう。流石に今日はここで引き返しましょうか」

「分かった」

レイトは転移水晶の台座の前に移動しようとする。レイトはふと、ゴブリンキングとリザードマンが待ち伏せていたことが気になって尋ねる。

「魔物が冒険者を待ち伏せることもあるの？」

「魔物も馬鹿じゃないからよくある話よ。特に知性が高いゴブリンの上位種や魔人族ならそれほどおかしな話じゃないわ」

「そうなのか、怖い所だな……」

「怖い所よ。ここは」

「あ、待てよレイト!! リザードマンの素材は回収しないのか!?」

レイトをダインが引き留める。広間には殺された冒険者に縋《すが》りつく人の姿があったため、レイトにはリザードマンの死体を解体する気分になれなかった。

「今日は十分だよ。素材も手に入ったし、もう戻ろう」

「でもリザードマンの素材なんて滅多に手に入らないんだぞ?」

「その通りよ。あなたが倒したのだからちゃんと回収しなさい。彼らに気を使う必要はないのよ」

「いや、でも……」

「あなたは何も悪くないわ。冒険者ならば魔物を狩って死体を解体し、素材を回収するのは当たり前のことよ。貴重な魔物ならば尚更ね」

意外なことに、ダインの発言にシズネが賛同した。他の人もシズネの言葉に賛成したのか、黙って頷く。

レイトはリザードマンの死体に視線を向けると、死体だけでも回収することにした。

「よいしょっと」

空間魔法を発動させ、黒渦にリザードマンの死体を入れる。生き物は収納できないが、死体の場合は話は別である。なお、解体は後ですることにした。

「じゃあ、戻ろうか」

「そうね。でも、その前に私の話を聞いてほしいの」

「何でござる？」

「第五階層への行き方よ」

シズネはそう言うと、転移水晶の台座を指さした。

台座にはこれまでの階層にはなかった三つの窪みがある。窪みの規模は掌に収まるほどのサイズで、この窪みの中に特別な道具を入れれば第五階層に移動できるらしい。

「今回は私達は発見できなかったけど、この窪みの中に、転移石を三つ設置すれば第五階層に移動できるという話よ」

「転移石？　このまま第五階層に移動することはできないのでござるか？」

「不可能よ。見てなさい……第五階層!!」

そう言って掌を水晶の前に構えるが、転移水晶は一瞬輝いただけで特に何も起きず、やがて輝きも失せてしまう。

「こんな風に反応はしないわ。第五階層に移動する場合、その窪みの中に転移石を設置する必要があるわ」

「転移石を三つも消費するのでござるか!?」

「そうよ。それに、発動したとしても移動できる人数は一人。つまり、私達が全員移動するには十五個の転移石を必要とするわね」

「そんな無茶な……大分長い時間この階層を探って一つも見つからなかったのに」

「だから、第五階層に行ける人は滅多にいないわ。第一、第五階層に挑んで生きて帰ってきた者はこの百年の間には誰もいないのよ。だから塔の大迷宮の第五階層は多くの謎に包まれているの」

「一人もいないの？」

「ええ……あの子の話では白竜が存在する以上、踏み入らない方が賢明ね」

ホネミンの話では、彼女は第五階層に挑んだことがあり、エクスカリバーを守護する白竜という竜種と遭遇している。歴史上で一度も討伐されていない最強の竜であり、流石のシズネも挑むのは危険と判断した。

「私達の目的は大迷宮の制覇ではなく、あくまでも腕試し。危険は避けましょう」

「そうだね。じゃあ、戻ろうか」

「色々あったけど、中々に楽しめたでござる」

「そうだな」

「この化け物どもめ……僕はもうくたくただよ」

今回、第一階層から第四階層まで体験できただけで大きな成果だ。この経験は次回以降の大迷宮の挑戦に役立つだろう。

「よし、じゃあ戻ろう……」

『カタカタカタッ……!!』

「うわっ!?　な、なんだ!?」

転移水晶で帰還しようとしたレイト達の耳に、聞き覚えのある奇怪音が響き、後方の通路にいた冒険者が驚きの声を上げた。

振り返ると、ローブを纏った怪しい人物いた。顔をひょっとこのような仮面で隠している。

「な、なんでござる!?」

「不審者だ!!　不審者が現れたんだ!!」

「こっちに来るぞ!!」

「いや、あれ……ホネミンじゃね？」

全身を隠してはいるが、動く度に骨が軋《きし》む音を響かせている。ホネミンで間違いない。

レイト達の前に、ホネミンが立ち止まる。かなり急いでいたようだが、息切れすら起こしていない。そもそも内臓がないので肺に負担がかかることがないのだろう。

『カタカタッ……』

「何か伝えようとしているな……」

「レイト、紙とペンを」

「しょうがないな……」

レイトが再び万年筆とメモ帳を渡すと、相変わらず達筆《たっぴつ》な文字を書いた。

『いや～、ぎりぎり追いつけてよかったですよ。倉庫を整理していたら変装道具が見つかってここまで来れました』

「どうしたの？　やっぱり、俺達の仲間になりたくて戻ってきたの？」

『ホネミンが仲間になりたそうに見ている……いや、違いますよ。何を言わせるんですか』

「自分も乗ったくせに……」

『そんなことはどうでもいいんです。それよりも大変ですよ!!』

ホネミンが慌てた様子で次々とメモ帳に書き込み、紙が地面に散らばる。見かねたゴンゾウが紙を拾い上げ、自分の手に書き終えた用紙を置くように指示をする。

「道端にゴミを捨てたらだめだぞ」

『あ、すいませんね。ポイ捨てはだめ、絶対です。いや、そんなことよりも私の話を聞いてください!!』

「要点だけ書け、要点を!!」

無駄に雑談をメモ帳に書き込むホネミンに流石のレイトもツッコミ、彼女も納得したように頷く。

『じゃあ、ここからは要点だけを書きます。怪我人を見つけました、もうすぐ死にそうです』

「怪我人？　どこにいるんだよ？」

ホネミンの言葉にレイト達は周囲を見渡すが、彼女以外に人間の姿は見つからない。だが、本人によると別の場所に避難させているらしい。

『今はこの近くの休憩地点《スポット》で休ませています。だけど、治療しようにも毒にやられているので、私の手持ちでは治療できないんですよ』

「毒？　魔物の毒にやられたの？」

『どうやらオオツチトカゲに噛まれたようです』

「オオツチトカゲ⁉　この大迷宮にも存在したのでござるか⁉」

名前を聞いたハンゾウが驚きの声を上げるが、他の人間は名前も聞いたことがないのか、首を傾げる。シズネとダインでさえも聞き覚えがなく、ホネミンが代わりに説明する。

『オオツチトカゲは主に森の中に生息する魔物なんですが、こいつらの唾液には毒が混じっているんです。だから噛みつかれた人間は毒に侵され、やがて死に至ります』

「そんなヤバい奴がいるの⁉」

『ヤバいといっても毒自体は遅効性ですので、毒が身体に回りきるまでに解毒薬を飲ませれば回復できます』

「よく生きていたなそいつ……」

『負傷しながらも休憩地点《スポット》に辿り着いて生き延びたようです。私が見つけた時には、負傷した箇所は自力で回復薬で治していたようですけど、解毒薬は持っていなかったみたいです。私は見ての通り、回復薬も解毒薬も必要としないので、治療することができず、仕方ないのでレイトさん達を探してたんですよ』

「よくここが分かったな」

『伊達に何百年もここに住んでませんよ。この大迷宮の迷路のパターンは頭に叩き込まれていますからね。転移水晶の台座で張り込んでいれば、レイトさん達に会えると信じてました』

「魔物に襲われなかったの？」

『そこは仮面を外して正体を晒しました。あいつらスケルトンと思い込んでたので、素通りしましたよ』

「流石ね……」

ホネミンの説明にシズネは呆れながらも感心したように頷く。確かに食べる身がなければ魔物も好き好んで彼女を襲うことはないのかもしれない。

「私達も解毒薬を持っているけど、それを渡すだけではだめなの？」

『いえ、既に毒に侵されて時間が経っているので、もう市販の解毒薬ではどうしようもありません。だからこの大迷宮に存在する特殊な休憩地点《スポット》に運びましょう。但し、あまりにも危険な場所なので皆さんに護衛してもらいたいんです。私一人ならともかく、彼女を連れていくと魔物に襲われるので……』

ホネミンの言葉にレイトがシズネに視線を向けると、彼女は溜め息を吐《つ》きながらも頷く。他の人も賛成なのか何も言わない。

結局、ホネミンの案内でレイト達は通路を引き返すことになった。

◆　◆　◆

『私に付いてきてくださいね。この階層の構造と罠は完璧に把握してますから』

「でも年齢を重ねるごとに記憶力が曖昧になってないの？」

『失礼なっ!!』

迷いなく通路を進むホネミンの後に続き、数分後には誰もいない休憩地点《スポット》を発見する。魔法陣の中心部には一人の女性が横たわっており、レイトはその姿を見て声を上げる。

「ミナ!?　どうしてここに……」

『あれ、お知り合いですか？』

「ううっ……」

休憩地点《スポット》に横たわっていた女性の正体は、冒険者ギルド「氷雨《ひさめ》」に所属している冒険者、ミナだった。彼女は身体の至る所が緑色に変色している。

気絶しているのか、瞼を閉じたまま苦しそうな表情で呻《うめ》き声を上げる。

慌てて全員が駆けつけた。

「どうして彼女がここに……まさか一人で追ってきたというの!?」

「なんて無茶なことを……ミナ!!」

『落ち着いてください。もう毒が身体に回りかけているんですよ』

レイトが彼女に声をかけるが、意識を取り戻す様子はない。急いで治療を行わなければならないのだが……オオツチトカゲの毒は普通の解毒薬では解毒できないらしかった。

『まずは彼女を移動させましょう。あ、緑色になっている箇所には触れないでくださいね。物凄く痛がりますから』

「うわわっ!? そ、そういうことは早く言えよ!!」

『それと運ぶ時は強い衝撃を与えないでください』

「分かったよ」

ミナの身体を布で巻きつけるとレイトは背中に抱え、ホネミンに次の指示を促す。彼女は休憩地点《スポット》を取り囲む壁に近づき、色が薄い煉瓦を指さす。

『これを見てください。この煉瓦は隠し通路を開く鍵なんです』

「隠し通路?」

『見ていてくださいね……とうっ!!』

ホネミンが煉瓦を掴んで引いた瞬間、あっさりと煉瓦が引き抜かれて外れる。

直後、煉瓦の壁全体が動き始め、左右に分かれて新しい通路が開かれた。

「おおっ……こんな仕掛けがあったのか」

「……私も初めて知ったわ」

「凄いでござるな」

『この迷宮はこんな風な隠し通路がたくさんあるんですよ。だけど、大抵は罠に繋がる通路なので、私がいない時に使用するのは避けてくださいね』

「うえっ……」


新しく誕生した通路を進み、ホネミンの案内でレイト達はミナを解毒できる場所を探す。

ホネミンの話によると、彼女が知っている場所に辿り着ければオオツチトカゲの毒でも助けられる可能性があるという。

『各階層には普通の休憩地点《スポット》の他に、怪我や状態異常を治すための特別な休憩地点《スポット》が存在します。第三階層の場合は緑薬湯が湧いている休憩地点《スポット》がありますね』

「あそこか」

第三階層で立ち寄った岩山の内部にあった休憩地点《スポット》を思い出す。レイト達は偶然にもホネミンが語る特別な休憩地点《スポット》を発見していたらしい。なお、上の階層に行くほどに良質な回復効果を生み出す休憩地点《スポット》が存在するとのことだった。

『この階層には、体力と魔力を回復させる休憩地点《スポット》があるんですけど、そこではミナさんを救うことはできません。なので第五階層の休憩地点《スポット》に向かいましょう』

「第五階層⁉」

「あなた……第五階層へ行く道を知っているの？」

通常は第五階層に向かうには、他の階層と違い、転移石を消費しなければならなかったはずだ。

だが、ホネミンはその方法以外に第五階層に行ける方法を知っていた。

『この先に、第五階層に繋がる特別な転移水晶が存在します。但し気を付けてほしいのは、こちらの転移水晶を使用すると、第五階層のどこに移動するのか分かりません。運がよければ休憩地点《スポット》がある場所に転移できるかもしれませんが……下手をしたら白竜の縄張りに移動する可能性もあります』

「マジかよ⁉」

『だから念のためにミナさんにはこれを渡しておきますね。いざという時これを利用して逃げましょう』

「これは……」

ホネミンがフードの中から透明な水晶玉を取り出し、レイト達に手渡した。

外見はただの水晶玉だが、内部に魔法陣のような紋様が浮かんでいる。それを見たレイトは、マリアが使用する水晶札にも刻まれていた転移魔法陣であることに気付く。

「もしかしてこれが転移石？」

「その通りよ。これを使えば外に転移することもできるし、別の階層に移動することも可能よ」

『私が長年の間にかき集めた転移石です。ちなみにダインさんが持っているのは魔物の糞《ふん》の中から発見した物です』
「何でだよっ⁉」
『ちゃんと洗ってありますよ』

その後、レイト達は通路を抜けて、今までとは雰囲気が違う広間に辿り着く。

床には休憩地点《スポット》にある魔法陣が刻まれており、中央部には転移水晶が浮揚していた。

先ほど発見した物と比べるとこちらの転移水晶は一回りほど小さい。台座のような物も存在しなかった。

『こちらが第五階層だけに繋がる転移水晶です。これを利用して上の階層に移動しましょう』

「第五階層……伝説の白竜が住む階層ね」

『もし白竜と遭遇したら迷わず逃げましょう。その場合はミナさんをすぐに街の治療院に送ってくださいい……間に合うといいんですけど』

「うっ……」

レイトは自分が背負っているミナに顔を向け、先ほどよりも顔色が悪くなっていることに気付き、一刻の猶予《ゆうよ》もないと判断する。全員が覚悟を決めると、ホネミンが代表として転移水晶に掌を構えて移動先の階層の名前を告げる。

『第五階層‼』

5

次の瞬間、レイト達の視界が変わった。

最初に視界に見えたのは、延々と広がる美しい青空だった。

太陽の日差しに晒され、眩しさに目が眩む。視線を下げると、第一階層の草原のような場所だった。

「あ、あれ⁉」

「こ、これは……⁉」

「どういうことでござる⁉」

「……私達は外に出たの？」

『違いますよ。空をよく見てください、第五階層の天井は水晶壁で構成されているんですよ』

全員が天井を見上げる。

レイトが「観察眼」を発動して調べると、天井部分は硝子張りのようになっており、それが外の風景を映し出していた。天井以外の部分は煉瓦の壁で覆われており、この場所が大迷宮であることは間違いないらしい。

『……どうやらここは東側の草原地帯に出たようですね。まあ、運が良かったのかもしれません』

「草原地帯……」

『この階層は、東西南北に各階層の特徴が現れています。東側は草原、南側は砂漠、西側は荒野、そして北側には迷宮が広がっています』

「他の三つはともかく、最後の迷宮が広がってるってどういう意味だよ……」

『迷宮というよりは迷路が存在するんです。行けば分かりますけど、今は休憩地点《スポット》が存在する場所に向かいましょう』

「どこにあるの？」

『この階層の中心部……つまり、白竜が守護している神殿内部に存在します』

「白竜⁉」

ホネミンの言葉に全員が驚愕する。まさか最強の竜種の縄張りに存在する神殿に行くことになるとは誰も思わなかった。

だが、そこに行かなければミナは助からないという。

『じゃあ、移動しますよ。しっかりと付いてきてくださいね』

「ちょ、ちょっと待てよ‼　神殿って……エクスカリバーがあった場所なんだろ⁉　ということは、白竜の前を通らないと入れない場所じゃないの⁉」

『大丈夫ですよ。いくらなんでも皆さんに白竜と戦ってほしいとは言いません』

「そうなのか？」

『むしろ、神殿に辿り着く前に現れる魔物の対処をお願いします。ほら、言っているそばから来ましたよ』

「え？」

皆がホネミンが指さした方向に顔を向けると、周囲から人影近づいてくる。

その姿を見て、皆呆然とする。

「……嘘だろ？」

「こ、これは……」

「ゴブリンキング、か？」

「ギィアアアアアッ!!」

草原に出現したのは、第四階層で遭遇したゴブリンキングの大群だった。その数は十数体ほど。

しかも既にレイト達を取り囲み、徐々に距離を縮めてくる。

その光景を確認したホネミンは前方を指さして叫び声を上げた。

『私の後に付いてきてください!!　何があろうと立ち止まったらだめですよ!!』

「ちょっ……」

『逃げるんですぅおおおっ!!』

「ウギィイイイイッ!!」

真っ先に案内役のホネミンが草原を駆け出し、慌ててレイト達も後に続く。当然だがその姿を見たゴブリンキングの大群は怒りの咆哮を上げ、彼らの後を追う。

「グギィイイイイッ!!」

「正面に一匹!!」

「任せなさい!!」

先行していたハンゾウが注意すると、シズネが雪月花を引き抜き、刀身に冷気を纏わせながらゴブリンキングに向けて突進する。ハンゾウには劣るがシズネも足の速さには自信があり、勢いよく刀を構えて突き刺す。

「『刺突』!!」

「グフゥッ……!?」

「おおっ!!」

シズネがゴブリンキングの腹部を貫いた瞬間、雪月花の冷気が送り込まれ、ゴブリンキングは一瞬にして凍結する。刃を引き抜くとゴブリンキングに亀裂が走り、粉々に砕け散った。

「ギィアアアッ!!」

「左からも一体!!」

「俺に任せろ!!」

だが、ゴブリンキングは周囲から押し寄せており、一体を倒したところで別の個体が既に接近してくる。

今度は左側から近づいてきた個体に対し、ゴンゾウが動いて闘拳を構えて殴りかかる。

「『拳打』!!」

「グギィッ!?」

強烈な右拳のストレートが叩き込まれ、ゴブリンキングは顎を打ち抜かれて脳震盪《のうしんとう》を起こし、地面に倒れた。

人型の魔物は急所が人間とほぼ同じなのだ。止めは刺さずに、ゴンゾウは急いで仲間の後を追う。

この中で足が遅いのは彼であり、もたもたしているとゴブリンキングに囲まれてしまう。

「次は右側に二体でござる!!」

「ダイン!!」

「ぼ、僕!?　くそ、分かったよ!!」

「ギイイイッ!!」

走っている最中に呼び出されたダインが驚いた声を上げるが、彼は立ち止まって杖を地面に突き刺し、ゴブリンキングに向けて影魔法を放った。

「『シャドウ・スリップ』!!」

「ギィアッ!?」

普通のゴブリンよりも重量が大きい分、ゴブリンキングは鈍重だった。地面を伝って近づいてくる影に対して避けることができず、足元をすくわれて派手に転倒してしまう。

ダインの魔法は攻撃能力は低いが、使い勝手の良さという意味では全ての魔法の中でも秀でており、場合によっては自分よりも格上の相手でさえも封じることができる。

「今のうちでござる‼　殿《しんがり》は拙者が‼」

「頼んだ‼」

「無理はだめよ‼」

最も頼りになるはずのレイトがミナを担いでいる以上、他の人間がゴブリンキングの対応をするしかない。ハンゾウが立ち止まって全員を先に行かせる。彼女は後方から追跡してくる十体のゴブリンキングに視線を向け、両手を合わせて魔法を放つ。

「ダイン殿ほどではござらぬが、拙者も闇属性は扱えるでござる‼　『闇夜』‼」

「おおっ⁉」

「闇属性の初級魔法……だけどこの規模は⁉」

ハンゾウの掌から黒い闇属性の魔力が放たれ、広範囲に広がった。

ゴブリンキングは慌てて振り払おうとするが、これはただの霧ではない。粘着質なのか、身体に霧が纏わりつき、ゴブリンキングの悲鳴が響き渡る。

「ギィガァアアアッ……⁉」

「今のうちでござる‼」

「頼りになるな!!」

「後でその魔法を教えてね!!」

『もう少しで草原を抜けますよ!!』

足止めに成功したハンゾウもレイト達のもとに駆けつける。

ホネミンが先頭を駆け抜けながら、草原の終わりを指さす。だが、そんな彼らの頭上に影が差し、上空から雄たけびが上がる。

「ギアアアアアッ!!」

「なっ……!?」

「骨殿!!」

『あいてっ!?』

咄嗟にハンゾウが先頭を走るホネミンに抱き着き、地面に伏せる。

次の瞬間、先ほどまで二人が立っていた位置に、上空から何者かが降り立った。その姿を見たレイトが声を上げる。

「ゴブリン……キング?」

「いえ……あれは違うわ」

「ギルルルルッ……!!」

レイト達の前に立ちふさがったのは、ゴブリンキング並みの巨体でありながら引き締まった身体の個体であり、両手には戦斧と大盾を持っていた。

顔はゴブリンだが、ゴブリンには似つかわしくないほどの筋肉の鎧に覆われている。レイト達を飛び越えるほどの跳躍力を持つあたり、身体能力も並のゴブリンキングを上回るだろう。

「どうやら私は大きな勘違いをしていたようね……これが本物のゴブリンロードよ」

「ロード……」

「ゴブリンの頂点に立つ存在……」

シズネの言葉に、レイトはゴブリンロードに視線を向けた。

明らかに他のゴブリンキングとは雰囲気が違い、威厳を感じさせる風貌をしていた。正にゴブリンの王を超える存在、言うなれば皇帝だろう。

「こんな時に限って……仕方ない、ダイン!!」

「あ、あいつを拘束しろっていうのか!?」

「いや、俺と交代して。皆を頼む」

ダインの影魔法が成功すれば、ゴブリンロードであろうと捕らえることはできるだろう。だが、今は一刻も早く草原を抜け出す必要がある。

影魔法の発動中は動けないダインと交代して、レイトは戦線に立った。退魔刀と反鏡剣を引き抜くと、シズネとゴンゾウも隣に立つ。

「久々の強敵ね……手伝うわ」

「俺も準備はできている」

「よし……皆でタコ殴りだ!!」

「その言い方は武人としてやめてほしいのでござるが……」

「いや、いいから早く戦えよ!!」

「ギイイイッ!!」

ゴブリンロードが動き出し、真っ先にレイト達の中で図体が大きいゴンゾウ……ではなくレイトに向けて戦斧を振りかざす。

それを確認した全員がその場で跳躍し、振り下ろされた戦斧を回避する。

「グギィッ!!」

戦斧が叩きつけられた瞬間、地面に強烈な衝撃が広がり、派手に土煙が上がる。

その破壊力にレイトは、深淵《しんえん》の森のミノタウロスに匹敵すると判断し、即座に「限界強化」を発動させた。

「『限界強化』……それと『縮地』!!」

「ギィッ!?」

身体能力を限界まで強化させ、更に転移魔法のように一瞬にしてゴブリンロードの背後に移動する。

そしてレイトはゴブリンロードの背中に退魔刀を振り下ろす。

「おらぁっ!!」

「ギィガアッ!!」

「うわっ!?」

退魔刀の刃が背中に衝突する寸前、ゴブリンロードが左手の大盾を振り抜き、退魔刀を弾き返した。

予想外の反応速度にレイトは驚くが、更にゴブリンロードは足を突き出してレイトの腹部に放つ。

「ガアッ!!」

「うわっ!?」

寸前で地面に背中から倒れて回避に成功するが、ゴブリンロードの右足が頭上を通り過ぎ、風圧が生じる。動作の速さもミノタウロスに負けていない。

ゴブリンロードは地面に倒れたレイトに戦斧を構える。

「ギイイッ!!」

「させんっ!!」

ゴンゾウがゴブリンロードに向けて拳を突き出し、その顔面に彼の拳が叩きつけられる。

しかし、その際にゴンゾウは手元の感触に違和感を覚え、咄嗟にゴブリンロードが首を動かして衝撃を殺したことに気付く。

「何っ……!?」

「フンッ!!」

「ぐはっ!?」

ゴブリンロードはゴンゾウの腹部に膝を叩き込んだ。

ゴンゾウが身につけている皮の鎧越しに衝撃が走る。ゴンゾウは吐血しながら膝から崩れ落ちた。

ハンゾウが空中に跳躍して刀を放つ。

「『抜刀』!!」

「グギィッ……!?」

空中から繰り出された刃がゴブリンの首筋を切り裂き、血飛沫が上がる。

しかし、切りつけたハンゾウ自身は手元が痺れてしまい、まるで木刀で鋼鉄を叩きつけたような感触に違和感を覚える。

「か、硬い……!?」

「ギイイッ……!!」

切りつけられたゴブリンロードは首筋を押さえつつも、特に問題ないように首を動かす。

着地したハンゾウは腕を押さえる。彼女が切ったのはあくまでも皮膚だけであり、急所を狙ったのに致命傷を与えられなかった。

「やるわね……『乱れ突き』!!」

「ギイッ!?」

ゴブリンロードの正面からシズネが接近し、雪月花の刃を高速に突き出す。そんな彼女の攻撃に、ゴブリンロードは木製の大盾で全ての攻撃を受け止める。

「……世界樹製の盾ね。魔物のくせに厄介な者を」

「ギギギッ……!!」

普通の盾なら雪月花の刃を受けた時点で凍るのだが、ゴブリンロードが装備していたのは魔法耐性が高い世界樹の大盾だった。そのため、雪月花の斬撃を受けても切りつけた箇所が少し凍りつく程度。

それを確認したシズネは、盾を破壊するほどの一撃を繰り出すため、右腕を引いて必殺剣を放とうとした時――地面に横たわっていたはずのレイトの姿が消えていることに気付く。

「せいっ!!」

「ギャアッ!?」

ゴブリンロードの背後からレイトの声が響き渡り、直後にゴブリンロードの背中に血飛沫が上がる。

ゴブリンロードの背後を取ったレイトは、左手の反鏡剣の刃に血を滲《にじ》ませながら後方に下がる。

「くそ、心臓を突き刺すつもりだったのに……やっぱり『隠密』を発動している間は隠れることに集中して意識が削がれるな」

レイトが簡単にゴブリンロードの背後を取れたのは「隠密」の技能スキルで自分の存在感を断ち、

気付かれないように移動をしていたからだ。しかし、「隠密」発動中に殺気や怒気は完全に殺しきれず、ゴブリンロードは背中からの攻撃に気付いてしまった。そうして前に身を乗り出したことで致命傷を避けたのだ。

「グギィイイッ!!」

「『受け流し』!!」

ゴブリンロードが怒りに身を任せて戦斧を横薙《よこな》ぎに振り払うが、レイトは退魔刀を構えて軌道を変更させて受け流し、更にゴブリンロードが繰り出した戦斧の勢いを逆に利用——身体を回転させながら反対の手の反鏡剣を繰り出す。

「『回……転』っ!!」

「グガァッ!?」

ゴブリンロードの膝を反鏡剣が切り裂く。ゴブリンロードは悲鳴を上げながら片膝を地面に突いた。

「グギイイイッ……!!」

「今だ!!　走れ!!」

「わ、分かったでござる!!」

「うおおおおっ!!」

「こういう時だけ速いわね、あなた……」

「追ってきたぞ!!」

『逃げるんですよぉんっ!!』

ゴブリンロードが怯《ひる》んだ隙に、レイトは仲間達を先に走らせ、自分も後を追う。

ゴブリンロードは足を負傷しても諦めるつもりはないのか、追跡を試みようとする。だが、そんな相手にレイトは掌を構え、久々に攻撃魔法を放つ。

「喰らえっ……『火炎刃』!!」

「グギャアアアアッ!?」

初級魔法の「火球」と「風圧」を組み合わせ、更に「付与強化」を発動させた三日月状の火炎の刃を放つ。

以前よりも規模が拡大化したその炎は、ゴブリンロードの肉体に衝突した瞬間、激しい爆発を引き起こした。

その威力は凄まじく、ゴブリンロードの巨体が吹き飛ぶ。

「うわっ……何だこれ？　威力が上がりすぎだろ……『魔力強化』を『付与強化』に進化させたからかな？」

「あなた、こんな強力な魔法も扱えたの!?」

「俺も初めて知った……はわわっ」

「何で本人が一番驚いているのよ……」

自分の後方にマリアの幻影でも映っているのではないかというほど、威力が上昇していることにレイトは動揺を隠せない。

ただの足止め程度で放った魔法が止《とど》めとなったのか、吹き飛ばされたゴブリンロードが動く様子はない。

『夫婦《めおと》漫才なんてしてる場合じゃないですよ!!　もう少しなんですから走ってください!!』

「だ、誰が夫婦よっ」

「いつの間にか俺の嫁が魔剣剣士だった件」

「誰が嫁よっ」

レイトも大分余裕も取り戻したらしく、ホネミンの言葉に反応しながら前方に視線を向ける。

巨大な岩山が聳《そび》え立っていた。それまで岩山の周囲には白霧が漂っており、接近するまで姿を確認できなかったのだ。

「何だこれ……まさかこの岩山を登れってのか⁉」

『そうですよ』

「いや、そうですよじゃないよ!!　無理に決まってんだろこんなの!!」

冷静なホネミンの言葉に、ダインが首を激しく横に振る。

頂上に辿り着くには、五百メートルの高さはある岩壁を登りきらなければならない。戦闘職の者ならばともかく、身体能力が低い魔術師には無理だろう。

「いや、俺の魔法で上に移動すればいいでしょ」

「あ、そうか……レイトの魔法なら上に移動できるよな」

『いえ、だめです。この岩山で魔法を使うことはやめてください』

「何で⁉」

「氷塊」を使って飛んでいったり、「形状変化」で岩壁に窪みを作って登ったりすることもできなくはないだろう。しかし、ホネミンは魔法を使うのは自殺行為だと言う。

『もう既に私達は白竜の縄張りに入り込んでいます。こんな場所で魔法を使えば白竜に気付かれますよ』

「マジで⁉　うわわっ……」

『あ、声は大丈夫ですよ。そんなに大きな声を出さなければ気付かれませんから』

ホネミンの言葉に、全員が岩山を見上げる。

冒険者なら岩壁をよじ登ることもできなくもないが、それでも頂上部に辿り着くには時間がかかるだろう。

「魔法がだめならどうやって登るの？　まさかロッククライミング？」

『んなわけないじゃないですか。こっちに上に続く山道が存在しますから、そこから登っていきしましょう』

「だけど魔法を使えないというのなら、ここから先で魔物と出会った時は素の身体能力だけで対応しなければならないの？」

『大丈夫です。白竜の支配圏に入る馬鹿な魔物なんていません。山道で魔物と遭遇することはありません』

「その白竜と遭遇する可能性は？」

『それは十分にありえますね。だから、常に転移石を使用する準備だけは怠らないでください』

それぞれが事前に渡された転移石を思い出し、取り出す。

今回の目的はあくまでもミナの治療。白竜と戦闘する予定はない。遭遇した場合は即座に撤退し、それもまた一か八かの賭けになるが、外の世界でミナを救う方法を探さなければならない。

「ダイン、ミナの様子はどう？」

「さっきまでは呻き声を上げていたけど……今は静かだよ」

「大丈夫なのでござるか⁉」

『まだ生きてるなら十分です。ですが一刻の猶予もありません。先に進みましょう』

◆◆◆

ホネミンの案内で岩山の山道に辿り着く。

人工的に作り出された物なのかは不明だが、ホネミンの話によると、山道は螺旋状に頂上へと繋がっているらしい。

『この山道を登りきれば頂上に着きます。そして白竜が普段から生息しているのは頂上部なので気を付けてください』

「それはいいけどさ……どうしてこんなに霧が立っているんだよ。殆ど何も見えないじゃん」

『この白霧も白竜が生み出しているんですよ。『魔力感知』を持っている人ならすぐに分かるかもしれませんが、この霧の正体は魔力の残滓《ざんし》です』

「残滓……？」

「ほ、本当でござる!!　この霧から魔力を感じ取れるでござる……!?」

ホネミンの言葉にハンゾウが驚いた声を上げ、レイトも彼女に倣って「魔力感知」を発動させると、確かに岩山全体を取り囲む白霧から魔力が感じ取れる。しかも魔力で覆われているせいか、他の生物の魔力を感じ取ることはできず、隣に立っている人間の魔力さえも感じ取れない。

『この白霧は白竜が眠っている時に身体から放出される魔力の残滓なんです。だから逆に言えば白霧が発生している間は白竜は眠っているわけです』

「眠っている？」

「竜種は餌を探す時や縄張りを犯した存在を感じ取らなければ基本的には眠っているわ。専門家の話では無駄な体力を消費しないように常時身体を休めていると聞いているわね」

「へえっ……引きこもりみたいな奴だな」

『そう言うと威厳も何もないですが……まあ、逆に言えばこの白霧が広がっている間は安全です』

岩山を取り囲む白霧が漂っている以上は頂上部の白竜も休眠中らしく、下手な行動を起こさなければ無事に頂上部に到着できる。しかし、山道を移動中に一度でも魔法を使えば気付かれる恐れがあることを考えれば油断はできない。

『足元に気を付けてください。踏み外せば終わりですよ』

「うわっとと……なんか、だんだんと道幅が狭くなってないか？」

「おれはもうぎりぎりだな……」

最初の頃は山頂に続く道の幅は広かったが、徐々に頂上部に近づくほどに狭まり、半分ほど登り切った時点で巨人族《ジャイアント》が移動するのは困難なほどの道幅にまで縮まる。既に移動を開始してから一時間が経過しており、ミナの様子も徐々に悪化していた。

「ううっ……う、さん……」

「またうなされてる……もう少しだぞ」

『まずいですね。予想以上に毒の進行が早いです。急がないといけないんですが……』

「くそ、魔法が使えたらこんな場所……」

「焦るな」

レイトがいら立つように岩壁に拳を叩きつけ、ゴンゾウが彼を落ち着かせるように肩を掴む。だが、頂上部に辿り着くまでにミナの身体が持つ確証はなく、レイトは上空を見上げる。距離的に半分は到達したとホネミンは言うが、頂上部は霧で覆い隠されているため、確認することはできない。

「もう少し視界が良かったら空間魔法で一気に移動できるのに……」

「落ち着きなさい。ここで魔法は使えないと説明されたでしょう？」

「焦りは禁物でござる」

『そうですよ。今は進むことに集中しましょう』

「……いや、そうもいかないみたいだよ」

皆がレイトを宥《なだ》める中、先頭を移動していたダインが顔を青くして立ち止まり、彼の言葉に疑問を抱いた全員が前方に視線を向けると目を見開く。

「そんな……」

「道が……ない!?」

『盲点でした。どうやら、崩れてしまっていたようですね。前に私が登った時は確かに道があったんですが……自然に崩れたんでしょうね』

山道が途中で途切れており、崖崩れが生じたように道が存在しなかった。七、八メートル程度の距離ならば人間一人を抱えてもレイトの「跳躍」ならば飛び越えることはできなくもないが、白霧で覆われているせいで四、五メートル先の光景しか確認できず、崖崩れの先にまだ道が残っているのかも確認できない。

「ど、どうするんだよ？　これ以上は進めないぞ？」

「引き返す……しかないわね」

「ここまで来たのにか⁉」

「そうは言っても、これ以上先には進めないのでは……」

道が崩れている以上、この先を移動することはできず、魔法を使えたのならば方法はあったかもしれないが怪我人を運んでいる状態で竜種という最強の魔物と戦闘を行えるはずがない。だが、既にミナの容態は悪化しており、ここで引き返しても助かる可能性は限りなく低い。

「……行こう」

「行こうって……」

「ホネミン、魔法を使えば白竜は起きるといったよね？」

『ええ』

「戦闘になったら俺達に勝ち目はある？」

『ありません。あれに勝てるのは勇者ぐらいです』

「聖剣を持っていても？」

『えっ⁉』

レイトの発言に全員が驚きを隠せず、ホネミンは彼の言葉に考える素振りをしたあと、黙って首を振る。

『エクスカリバーを使うつもりですか？　無理ですよ、あの聖剣を使用するには資格が必要なんです。それにあの聖剣にはとても貴重な魔石を嵌め込まなければ力は出せません』

「でも仮に使えたら？　本当に勝ち目はないの？」

『どうですかね……まあ、本当に聖剣を使用できるなら、勝てる見込みはあるかもしれませんけど』

「それなら十分だ」

ホネミンの話を聞いたレイトは上空を見上げ、そして背中のミナに視線を向け、自分が考えた作戦を皆に伝えた。


「よし、行くぞ!!」

『気合が入ったのはいいですけど、どうやってこの断崖絶壁を登りきるんですか？』

作戦が決まったレイト達はここからは魔法を使用することを覚悟し、白竜との戦闘を考慮して作戦を立てる。だが、その前に全員が山頂に移動しなければならない。

「ちょっと退いててね……『氷塊』!!」

「おおうっ!?」

レイトは掌を差し出すと円盤状の氷を作り出し、自分の意思に合わせて氷の塊が動くことを確認する。

だが、全員が乗れるほどの規模の氷を作り、更には全員を乗せてゆっくりと振り落とされない速度で移動するのは予想以上に精神を消耗するため、できる限り急がねばならない。

「皆、これに乗って!!　滑らないように気を付けてね!!」

「まさかまたレイトの氷に乗ることになるとは……」

「ひいいっ……た、高い」

「今更怖気《おじけ》づかないでほしいでござる」

「あら、意外とひんやりして気持ちいいじゃない」

『あうちっ!!』

氷の上にシズネ達が乗り、途中で一人が転んで落ちそうになったがレイトも後に続き、山頂に向けて上昇させる。これならば山頂に辿り着くまで時間はかからないだろうが、周囲の景色に異変が訪れる。

「お、おい!!　なんか霧が薄くなってないか？」

「言われてみれば確かに……」

『だから言ったじゃないですか。この霧の正体は休眠中の白竜が生み出している魔力の残滓……つまりはあちらも目を覚ましたということです』

「そんなっ!?　いくら何でも早すぎだろ!?」

「……拙者の感知に途轍もなく大きい反応が起きるでござる」

まだ山頂にも到達していないにもかかわらず、頂上に存在する白竜はレイトの生み出した魔法の力を既に感じ取ったらしく、目を覚ましてしまう。できるならば相手に気付かれる前にホネミンが言う休憩地点《スポット》に辿り着きたかったのだが、今更悔やんでも仕方がない。

「皆!! 作戦通りに動くよ!!」

「分かっているわ」

「大丈夫でござる!!」

「任せろ」

「く、くそっ……や、やってやらぁっ!!」

『一人だけやけくそ気味になってませんか？』

「追い込まれればやるタイプだから大丈夫!!」

会話の最中にも遂に氷の塊は山頂部に到達し、レイト達は頂上に降り立つ。

このまま氷に乗って移動することもできるが、走って移動した方が早く、全員が一か所に集まるのも危険すぎる。

レイト達が山頂に到着した瞬間、岩山を取り囲んでいたはずの白霧が徐々に消え去り、やがて岩山の頂上が露わになった。

「ウォオオオオオオッ……!!」

霧を振り払うように姿を現したのは、全長が三十メートルを超える巨大な生物。

全身が白銀の鱗で覆われ、巨大な両翼を広げ、魔物でありながら威厳さえも感じさせる容貌の白竜が現れた。

レイトが覚えている腐敗竜とは似ても似つかず、美しささえ感じるほどに煌《きら》めく白銀の竜だ。

外見は西洋のドラゴンを想像させるが、腐敗竜と違ってこちらは正真正銘の生きた竜であり、その圧倒的な存在感にレイト達は気圧《けお》される。シズネでさえも見事な白竜の風貌に大きな口を開いて見上げてしまい、そんな彼らに白竜は視線を下ろす。

「……ウガァアアアアアアッ!!」

自分の縄張りに入り込んだ侵入者に対し、白竜は怒りの表情を浮かべ、階層全体に広がるほどの凄まじい咆哮を放つ。

その光景に、レイト達は金縛りになったように身体が硬直してしまうが、ここで動かなければ殺されてしまう。

「アガァアアアアッ……!!」

「……竜の吐息《ブレス》よ!!」

白竜が顎を大きく開き、口内を光り輝かせながらレイト達の方に顔を向け、それを目撃したシズネが動揺した声を上げる。彼女の言葉に他の人間も正気を取り戻し、急いで移動しようとしたが、既に白竜は攻撃の準備を整えていた。

「――――ッ!!」

「来るぞ⁉」

「くっ……頼む!!」

白竜の目が見開き、口内から光線を想像させる光の奔流が放たれようとした時、レイトは咄嗟に掌を差し出して空間魔法を生み出す。

彼らの前に巨大な黒渦が出現し、更に白竜の背中にも同様の規模の黒渦が出現した。

次の瞬間、白竜の口元から光の吐息《ブレス》が放たれるが、レイトが作り出した黒渦が光線を呑み込む。

「……ガアッ⁉」

「やった……⁉」

「嘘ぉっ⁉」

空間魔法の黒渦が上手く白竜の口元から放たれた光線を呑み込み、別の空間に誕生させていた黒渦から吸収した光線が放出され、白竜の背中を見事に撃ち抜く。

予想外の反撃に白竜の巨体が倒れ、岩山に激震が走るが、この隙を逃さずにホネミンが山頂に存在する建築物を指さす。

『あそこです!!　あの建物の中に入ればあいつは攻撃できません!!　あそこまで走ってください!!』

ホネミンが指さした方角にはエクスカリバーが封印されていた神殿が存在し、この建物自体が休憩地点《スポット》なので流石の白竜も攻撃できず、全員が駆け出す。当初の予定ではホネミンがミナを連れて神殿に駆け込み、他の人間が白竜の気を引いて時間を稼ぐつもりだったが、レイトの空間魔法を利用した反撃によって白竜が倒れ込む。

「あなた達は早く行きなさい!!　私が時間を稼ぐわ!!」

「えっ⁉　何をする気だよ⁉」

「こうするのよ!!」

シズネは雪月花を引き抜き、両手で剣を持ちながら刃を地面に突き刺す。その直後、刀身から冷気が迸り、広範囲に地面を氷結化させて起き上がろうとする白竜の足元も凍結させる。

「ガアッ⁉」

起き上がろうとした白竜の身体が氷の地面を滑ってしまい、うつ伏せの体勢になる。それを確認したレイト達は急いで神殿に向けて駆け抜け、あと百メートルという距離まで近づく。

「アアアアアッ……!!」

「ヤバい!!　あいつ、かなり怒ってるよ⁉」

「ダイン殿の影魔法でどうにかできないのでござるか⁉」

「無茶言うなよ!!　あんな化け物に僕の影魔法が通じるはずないだろ!!」

「それならば拙者が……『闇夜』!!」

ハンゾウが氷の地面に脚の爪を食い込ませて起き上がる白竜に対し、先ほどのゴブリンキングの大群に使用した黒霧を掌から放った。粘着性がある霧なので、顔面に上手く付着させれば目眩《めくらま》しの効果は生み出せるのだが……白竜は鼻息を出して黒霧を振り払う。

「フンッ!!」

「なんとっ!?」

「うわっ!? こ、こっちに来るぞ!?」

「『風圧』!!」

撥《は》ね返された黒霧に対してレイトが掌から突風を繰り出して消散させる。白竜はその隙を逃さず完全に起き上がり、巨大な尻尾を横薙ぎに振り払う。

「アアアアアッ!!」

「ゴンゾウ!?」

「いかんっ!!」

迫りくる尻尾を、ゴンゾウが受け止めようとする。だが、彼一人では押さえようがなく、ダインが咄嗟に全力の一撃を放つ。

「くそぉおおおっ!! 『シャドウ・スリップ』!!」

「ッ!?」

「うおっ!?」

ダインの影が鞭のように変化、正面から迫りくる尻尾を地面から打ち上げ、ゴンゾウの頭上を潜り抜ける。白竜は戸惑っている。その隙を逃さずにレイトは「付与強化」を重ねた「土塊」の魔法を発動させた。

「転んでろっ!!」

「ウオオッ……!?」

白竜の足元の地面が盛り上がり、白竜は派手に転倒する。レイトは急いで移動しようとするが、予想以上に魔力を消耗したらしく、足がもつれてしまう。

「うわっ……」

「レイト!!」

「おっとと……ありがとう」

「いいから逃げるんだよ!!」

倒れそうになったレイトをゴンゾウが担ぎ上げ、そのまま神殿に向けて走り出す。

巨体が災いしたのか白竜の動作自体は鈍く、転んだ身体を起き上げようとしているが上手くいかない。

既にミナを担いだホネミンが神殿に到着しており、他の人間も後に続く。

『もう少しですよ!!　早く中に入ってください!!』

「急いで!!」

「ちくしょおおおおっ!?」

「おおっ⁉　は、速い⁉」

ダインがハンゾウを追い越すほどの速度で駆け抜けた。暗殺者でありながら魔術師の彼に負けたことに、ハンゾウが衝撃を受けた表情を浮かべる。

一番足が遅く、しかもレイトを担いでいるゴンゾウも必死に後を追いかけている。そんな彼の背後に、立ち上がった白竜が接近していた。

「ガアアッ……‼」

「くっ……‼」

「ヤバい、追いつかれる⁉」

ゴンゾウに抱えられたレイトは、後方から接近する白竜に視線を向けた。そうして、神殿に辿り着く前に踏み潰されると判断し、空間魔法を発動させてエクスカリバーを取り出す。

「ゴンちゃん……俺が合図したら止まって‼」

「何っ⁉」

「俺を信じて」

「……分かった‼」

ゴンゾウは彼の表情を見て、強い意思を感じ取った。

レイトは迫りくる白竜に視線を向け、エクスカリバーを手にしながらホネミンとの会話を思い出す。

『エクスカリバーの力を引き出す魔石の名前？　それを聞いてどうするんですか？』

『いいから答えてよ』

『はあ……まあ、いいですけど。聖剣エクスカリバーに嵌め込まれていた魔石の名前は聖光石《せいこうせき》です。聖属性の魔水晶の中で最も価値が高い魔石ですよ』

『聖光石……ね』


以前、アイリスからも聖剣の情報を聞いていたことがあった。レイトはバルトロス王家の人間だけが所有を許される聖光石をナオから預かっているのだ。

レイトは、ナオに悪いと思いながらも、空間魔法から聖光石を取り出し、エクスカリバーの柄に嵌め込んだ。

「くっ……!?」

「な、何だ!?」

その瞬間、エクスカリバーの刀身から銀色の光が放たれ、刀身に紋様が浮き上がる。

紋様の形状はレイトには見覚えがあった。腐敗竜を打ち倒したカラドボルグにも刻まれていた魔術痕だ。普通の人間には使用できない術式が刻まれている。

「逆らうなっ!!」

だが、レイトは刀身に掌を押し当てて、錬金術師の能力を生かして刀身に浮き上がった魔術痕を消し去ろうとする。

彼の行為に抗うように、エクスカリバーの刀身が熱を帯びる。

だが、それでもレイトは手放さず、掌に血を滲ませながらも刀身に浮き上がった紋様を消し去った。

「今だ!!」

「うおおっ!!」

「ガアアッ……!?」

ゴンゾウが立ち止まった瞬間、レイトは彼に背中を支えられる形で白竜と向き合う。

エクスカリバーを握りしめる。

そんな彼らの姿に白竜は驚愕の表情を浮かべ、レイトは刀身から銀色の光を放つ聖剣を振りかざす。

「ぬうっ……!!」

「あああああっ!!」

「ウオオオオッ……!?」

ゴンゾウに支えられる形で、レイトはエクスカリバーを持ち、一気に振り抜いた。その瞬間、三日月状の光の刃が放たれる。

カラドボルグが電撃を撃ち出すのに対し、エクスカリバーは光の斬撃を生み出すらしい。光は、白竜の顔面に衝突した。

「アアアッ……!?」

顔面に強い衝撃を受けたように白竜の身体が傾く。

それを確認したゴンゾウは歓喜の表情を浮かべるが、レイトは眉を顰める。カラドボルグの場合は使用する際に根こそぎの魔力を奪われるが、今回の場合は彼の魔力はたいして失われていない。

「そういうことか……逃げるよ、ゴンちゃん!!」

「何?」

「ウオオオッ……!!」

後ろ向きに倒れようとしていた白竜が体勢を立て直し、ゆっくりと身体を起き上げる。

レイトはゴンゾウの手首を掴んで走り出す。損傷を与えたのは確かだが、この聖剣では白竜は倒せない。

(送り込んだ魔力の分しか威力を引き出せないのか……面倒だな!!)

カラドボルグは強制的に魔力を吸い尽くし、凄まじい威力の雷光を放つ。それに対しエクスカリバーは、注いだ魔力を光の斬撃に変化させることしかできない。そして何より、送り込む魔力には制限が存在する。

レイトとしては腐敗竜をカラドボルグで倒した時のように使用したつもりだったが、あの時と比べても十分の一程度の魔力しか消費していなかった。

「逃げるんだよぉっ!!」

「ま、待ってくれ……!!」

「アガアアアッ……!!」

怒った白竜が背後から接近し、顎を大きく開いて光の吐息《ブレス》を吐き出す体勢を整える。

レイトは咄嗟にエクスカリバーを構え、攻撃される前に剣を振り下ろす。

「口は閉じてろ!!」

「ガアッ……!?」

攻撃する前に先に光の斬撃を撃ち込まれた白竜は、慌てて首を避けて攻撃を回避した。集中しないと光の吐息は撃てないのか、口内の光が消えた。

その間に、レイトとゴンゾウは神殿に滑り込む。

『ほら、急いでください!! 早く奥にっ!!』

「ほ、本当に大丈夫なのかここ!?」

「多分……恐らく、きっと」

「本当に大丈夫なんだよね!?」

「もう逃げ場はないわよ……」

振り返ると、白竜は激怒しつつも黙って神殿に視線を向け、閉じかけていた口を開く。

レイトは聖剣を構えるが、白竜は口を開いたまま動かず……やがて悔しがるように咆哮を放つのだった。

「ウオオオオオオッ……!!」

◆◆◆

白竜が背中を向け、ゆっくりと去っていく。

レイト達は安堵の息を吐き、全員がその場に座り込む。

全員生き残れたが、彼らが安全なのは神殿にいる間だけ。外に出たら再び白竜に狙われるだろう。

もっとも、転移石を使用すれば安全に外に移動できるためいらぬ心配とも言えるが。

「し、死ぬかと思った……」

『こっちの方はもう死にそうですけどね』

「ううっ……」

「そうだった!! 早く助けないと!?」

『落ち着いてくださいよ。もう大丈夫ですから』

ミナを抱えたホネミンが建物の奥に移動し、彼女の案内で神殿内部を進む。

内装は、古代ローマのような雰囲気だった。柱や壁には、休憩地点《スポット》にも存在した魔法陣が刻まれており、魔物が訪れないように対策されている。人間が住んでいた痕跡もあり、普通の人間用の椅子や机、更には本棚まであった。

「ここにエクスカリバーが封印されていたの？」

『そうですよ。秘密の地下室があって、そこで手に入れました』

「うわっ⁉　ガ、ガーゴイル⁉」

『それはただの石像ですよ。どんだけびびってんですか』

「この柱……帝国の紋章が刻まれているわね」

『帝国時代に築かれた建物らしいですからね』

神殿の説明をしながらホネミンは迷いなく通路を進み、そして神殿の中央に存在する大きな広間に辿り着いた。


扉を開いた瞬間、湯気がレイト達を包み込む。

中の様子を確認すると、大理石製の温泉があった。

「……え？　何これ、お風呂場？」

『ここが私の話していた、どんな怪我や病も治すことができる場所ですよ』

「温泉のようにしか見えないのだけど……」

『いいからいいから、ほらミナさんを運びますよ』

巨大な円形の風呂場にホネミンはミナを運び、レイトはお湯を確認する。

第三階層の緑薬湯とは違い、白色で底が見えない。正確には、湯が濁って見えないというより、本当に底なし沼のように底が見えなかった。

『底の方はかなり深いですよ。ただのお湯のように見えますけど物凄い浮力があるので、簡単に体が浮き上がります』

「へえ……ホネミンも入ったことがあるの？」

『そりゃありますよ。骨ですけど、身体を洗う必要がありますから』

「なんかダシが出てそうだな。ポン骨《コツ》スープが出来そう」

『失礼なっ』

温泉の前でレイト達は佇み、ホネミンに視線を向ける。彼女がどうやって治療するのかと思っていたら——ホネミンはミナの身体を抱き上げ、勢いよく温泉の中に入った。

『そぉいっ!!』

「ええっ!?」

「ちょっと!?」

ご丁寧にも「そぉいっ!!」と記したメモ用紙を残して、ミナを抱えたホネミンが温泉の中に飛び込んだ。

慌ててレイト達が温泉の中を覗き込む。まるでホラー映画のように、ホネミンがミナを抱えた状態で底の方に沈んでいた。

やがて意識を失っていたはずのミナが目を覚ます。

「……ぶはぁっ⁉」

「うわ、出てきた⁉」

『カタカタカタッ……‼』

「わああっ⁉　お、お化けぇっ⁉」

意識を取り戻したミナは背中に張り付くホネミンを振り払い、助けを求めるようにレイトに手を伸ばす。レイトはすぐに彼女を引き上げた。

ミナは濡れた身体で彼に抱き着き、驚いた表情を浮かべながら温泉に浸かるホネミンを指さす。

「どど、どうしてここにスケルトンがっ⁉」

『カタカタッ……』

「どこからその手拭《てぬぐ》いを出した」

ホネミンは湯煙《ゆけむり》マークの付いた手拭いを頭に載せ、シンクロの選手のように片方の足を立ち上げた。そんな彼女に怯えながらも、ミナは自分の身体が動けることに気付く。

「あれ？　どうして身体が……？」

「どうやら本当に治ったみたいね。でも、ここまで簡単に回復するなんて……」

「凄い効果だな……」

『だから言ったじゃないですか。ここに辿り着ければどうにかなるって』

「文字が滲《にじ》んで読みにくいんだけど……」

濡れているせいでメモが滲んでいる。

ミナは毒が抜けていることにも気付き、戸惑いを見せる。

「僕、確かオオツチトカゲに噛まれて身体が動かなくなったはずなのに……」

「そこのスケルトンに感謝しなさい。あなたを救ったのよ」

「ええっ⁉」

『誰がスケルトンですか。引きずり込みますよ』

「ちょ、足を掴むのはやめなさいっ⁉」

その後、戸惑うミナに事情を説明した。ミナは多くの人間に迷惑をかけたことを知って、申し訳なさそうに全員に土下座をする。

「ご、ごめんなさい‼　僕のためにそんなに苦労をさせたなんて……」

「まあ、間に合ってよかったよ」

「それにしてもあなた、どうして一人でこんな場所に挑んだのよ？　私の忠告を聞いていなかったの？」

「そ、それは……」

シズネの厳しい言葉にミナは顔を逸らした。彼女の実力では大迷宮に挑むのは無謀だと告げられていたにもかかわらず大迷宮を訪れていたミナ。

シズネは深い溜め息を吐き出す。

「大方、私達を追ってここまで来たようだけど、結果はこの様《ざま》よ。あなたを救うためにどれだけ私達が苦労したと思っているの？」

「シズネ殿、それは……」

「あなたは黙っていなさい。私はこの娘《こ》に聞いているの」

「はうっ……」

ミナを庇《かば》おうとしたハンゾウを一蹴《いっしゅう》し、シズネはミナがどうして大迷宮に挑んだのか質問する。

ミナは言いにくそうにしつつも、ゆっくりと告げる。

「僕は……僕はもうすぐ冒険者稼業を辞めないといけない。だから、その前にどうしてもお父さんが死んだ、この大迷宮に挑みたかったんだ!!」

「え？　辞める？」

「その……僕の家には大きな借金があるんだ。その借金を返済するために僕は冒険者になったんだけど、どうしても払いきれなくて……でもお母さんは病気だから働き手は僕しかいなくて……」

「どうして借金なんか……」

「昔、お父さんがいなくなってお母さんが落ち込んでいる時に、別の男の人と付き合うようになったの。でも、結婚した途端にその人はお父さんが残したお金を奪って、借金だけを残して逃げ出しちゃって……それで未だに借金を払いきれなくて……お母さんが必死に借金を返そうとしたんだけど、無理をしすぎて身体を壊しちゃったから僕が冒険者になって生活を支えているの」

「……酷い話だな」

彼女の話に全員が黙り込み、シズネも怒りを収める。

しかし、ミナの話通りならばどうして高収入が手に入る冒険者稼業を辞めるだろうのか。レイトは尋ねる。

「それでどうして冒険者を辞めることになるの？　今の仕事なら相当な報酬が入ってるんじゃないの？」

「お母さんの病気が急に悪化して、治療院の人からもう長くはないと言われたんだ。だから、せめてお母さんの傍にいたいと思って……」

「そういうことか……」

「ううっ……いい子だな」

事情を察したダインは涙ぐんでいた。ゴンゾウも家族を支えているという点ではミナと同じなので彼女に同情する。

だが、シズネだけは厳しく注意する。

「だからといって、自分の身を危険に晒す言い訳にはならないわ。母親のために冒険者を辞めるはずなのに、どうして命を落とすような真似をするの？　父親の手掛かりを探すために大迷宮に挑むとしても、いくら何でも軽率すぎるわ」

「うっ……」

「ここであなたが死んでしまったら、誰が悲しむと思っているの？　あなたの母親でしょう？　それなら無闇《むやみ》に身体を張るのはやめなさい」

「……ごめんなさい」

「私に謝ってもしょうがないでしょう」

「うん、そうだね……皆、ごめんなさい。それと、救ってくれてありがとう」

ミナは全員に頭を下げ、迷惑をかけたことを謝罪し、そして命を救ってくれたことに礼を告げた。

「それで、ミナはお父さんの手掛かりを掴んだの？」

「ううん……途中で出会った年配の冒険者の人達に話を聞いたけど、結局は誰も知らないって……」

「あのさ、それならこれに見覚えがある？」

「え？」

レイトは空間魔法を発動させ、そして第四階層の休憩地点《スポット》で購入した槍を差し出した。

ミナは、自分がなくしてしまった槍と瓜二つの槍を見て、戸惑う。

「こ、これ……間違いない、僕のお父さんが使っていた槍だよ!?」

「やっぱりか……」

「どこで見つけたの!?」

レイトにミナは縋りつく。

だが、レイトはそんな彼女を落ち着かせるように引き剥がし、まずはミナの濡れた身体を温めるべく、空間魔法から取り出した毛布を手渡す。

「とりあえずはこれを身体に纏ってなよ。そんな格好じゃ風邪ひくよ」

「あ、うん……いや、そんなことよりもこの槍はどこで手に入れたの⁉」

「第四階層の露天商から買った物でござる。どこで発見したのかは本人も覚えていないそうでござるが……」

『その槍、見覚えがありますよ』

「えっ……」

唐突に、ホネミンが筆談で会話に割り込んだ。事情を知らないミナはパニックに陥るが、ホネミンは槍を見下ろし、何かを思い出すように顎に手を置く。

『思い出しましたよ。これはガレアさんの螺旋槍《らせんそう》ですね』

「そ、そうだよ‼　お父さんを知ってるの？」

『友達でしたよ。初対面の時は私の頭を槍で吹っ飛ばそうとしたので、ぶっ殺してやろうかと思いましたけど』

「ぶふっ‼」

頭蓋骨を飛ばされて憤る《いきどお》ホネミンの姿を想像したレイトは笑い声を上げてしまうが、それを非難するようにホネミンとミナが軽く睨みつけ、話を戻す。

「お父さんはここにいたんですか⁉」

『いたというか、まあ少しの間でしたけど一緒に行動しましたよ。中々面白い人でしたから覚えています』

「お父さんがどうなったのか知ってますか？」

『そうですね……確か、私に第五階層に繋がる道を聞いてきました。だから私は転移石を渡して、この階層に繋がる隠し通路を教えましたよ』

「えっ⁉」

ホネミンの言葉にミナは驚く。レイト達も彼女の父親がホネミンと接触していたことに驚いていた。だが、彼女の話だと途中で別れたらしいので、ガレアが本当に第五階層に辿り着けたかまでは分からない。

『一応は隠し通路の入口までは同行しましたけど、その後のことは分からないんですよ。でも、その日からガレアさんの姿は見ていませんね』

「ていうかお前……こんな危険な場所に送り込んだのか」

『私だってちゃんと説明しましたよ。とても危険な場所だから気を付けてとも言いましたし、転移石だって渡したんですよ？』

「お父さん……」

自分の父親の槍を握りしめ、ミナは父親が大迷宮の最上階の第五階層に到達していたかもしれないという話に戸惑っていた。

「第五階層に到達していたとしても、どうして第四階層にこの槍があったんだろう？」

『そこが一番の謎ですね。途中で引き返して魔物に殺されたのか。あるいは、転移石を使って第五階層から四階層に行って殺されたのか……もしくは何者かに殺されたかです』

「殺されたって……」

「……ありえなくはないわね。貴重な素材や宝物を巡って冒険者同士が争うのはよくあることよ」

「そんな……!!」

父親が殺されたかもしれないという話にミナは顔色を変え、父親の槍を握りしめる。だが、現状では彼女の父親の手掛かりは少なく、あくまでも憶測の域を出ない。

レイトは先ほどまでミナとホネミンが浸かっていた温泉に視線を向け、ホネミンに質問する。

「ねえ、ホネミン。話は変わるけどこれは何なの？　ただの温泉じゃないよね」

『ああ、それは白薬湯ですよ。第三階層の緑薬湯は知ってますね？　だけどこれは地脈から湧き出る聖水の原液が地熱で湧いたものなんです』

「地脈？　地熱？　そんなものをここまで引き上げてるの？」

レイトは白薬湯に触れながらホネミンに質問すると、彼女は何かを思い出すように掌を叩いて説明する。

『そういえば、皆さんは勘違いされているようですけど、ここは第五階層ではあっても最上階ではありません。ここは最下層なんです』

「えっ⁉」

『何故か冒険者の方々は勘違いされていますが、そもそも塔の大迷宮は最上階から最下層に下りていく仕掛けなんです。つまり第一階層が最上階、第五階層が最下層になります』

「じゃあ、天井に映っている太陽と青空はっ⁉」

『あれはただの映像ですね。実際に時間が経過しても太陽は動きませんし、この階層には夜という概念は存在しません』

「何とっ⁉」

「驚いたな……」

「えっ……えっ⁉」

状況を把握できないミナは皆を見渡すが、レイト達も新事実に驚いていた。いずれにしても、ホネミンによると、この白薬湯は地下から湧き出ている自然のものだと判明する。

「この白薬湯は病気とかも治せるの？」

『軽い病気なら入るだけで一発で治せますよ。だけど重い病気の場合は難しいですね。時間をかけて何日もお湯に浸かればあるいは』

「それならこれをいっぱい汲んで、ミナのお母さんのもとに持っていけば病気も治るのかな？」

「えっ⁉」

レイトの言葉にミナは驚愕の表情を浮かべた。他の皆も彼の提案に頷き、ホネミンも白薬湯を見ながら考え込む。

『まあ、別にどれだけ汲もうとこの白薬湯がなくなることはないと思いますけど、ミナさんのお母さんの病名が分からない限りは何とも言えませんね。何という名前の病気ですか？』

「りょ、緑死病……」

「緑死病？」

「全身の皮膚が緑色に変色する病気ね。身体の半分が緑色に染まったら死亡する病よ」

「え、それってさっきのミナの……」

『そうです。緑死病は正確には病気ではなく、毒物の類《たぐい》で発症します。でも普通に暮らしている人間が緑死病に侵されるとは考えにくいですけど……』

「……あいつのせいだ。あいつがお母さんに何かしたんだ」

ミナは歯を食いしばりながら槍を握りしめた。

彼女の反応に、疑問を抱いたレイトは問い質す。

「あいつって？」

「前にお母さんが付き合っていた男だよ!! 僕の仕送りを全部使って逃げた男がいたんだ!! 手紙の返事が来ないから不思議に思って家に戻った時にはお母さんは……!!」

「その男に毒を盛られたのか？」

「何と非道な……!!」

「だけど、緑死病は解毒薬を投与すれば治る病気じゃないの？　あなたの場合は時間がなかったけど、街に戻れば解毒薬を購入できるんじゃないの？」

「実はお母さん、『薬効耐性』のスキルを持っていて……それで薬の効果が薄いの」

「『薬効耐性』？」

『薬物に対する耐性スキルですよ。毒薬に対しては有効なスキルなんですけど、その半面回復薬などの効果も薄まるスキルなんです』

「そんなスキルがあるの!?」

スキルは必ずしも肉体に都合が良い効果だけ与えるわけではない、時として悪い効果も存在するのだ。

例えば暗殺者が覚えやすい「聴覚強化」は、遠方の物音も聞き分けることができるが、その半面大きな音に対して敏感に反応してしまう。ミナの母親は「薬効耐性」の技能スキルが原因で緑死病の進行を遅行化されているが、逆に回復薬の効果も薄められているのだ。

「もうお母さんの身体は弱っているから、強い薬を与えると逆に身体に負担をかけるらしいから、もう薬じゃどうにもならないって言われて……でも、お父さんのことも気になって」

「だから冒険者を辞める前に大迷宮に挑み、父親の死を調べるつもりだったのか」

「うん……でも、本当にこのお湯でお母さんを助けることができるの？」

『可能性はある、とだけしか言えませんね。お湯に浸かるのが一番いいんですけど、まあ口内接種でも問題ないですよ』

「それなら、これをいっぱい持ちかえればいいんじゃない？」

「あ、でも僕……収納石を落としたみたい」

「それぐらいなら俺に任せてよ。皆も汲むの手伝ってね」

「任せろ」

レイトは空間魔法を発動して余分な荷物を取り出した。そして、本来は料理や飲料水用に持ってきた巨大な壺を取り出す。中身の水は勿体ないが処分し、全員で桶を利用して白薬湯を壺の中に入れる。

「よし、これぐらいあれば十分かな？　後は蓋をして空間魔法に入れれば問題なし!!」

『白薬湯を飲用させる際は必ず熱してくださいね。最低でも人肌ほどの温度に温めないといけません』

「う、うん……ありがとう。僕のためにここまでしてくれるなんて」

「困った時はお互い様でござる」

「……お袋さんは大事にしろよ」

「家族は大切にしろ」

「……まあ、今回だけは助けてあげるわ」

白薬湯を壺に詰めたレイト達にミナは何度も頭を下げた。後は彼女の母親のもとへ赴き、白薬湯を渡すだけである。

また、レイト達も余った容器に白薬湯を詰め込み、ついでに神殿内部の探索することになった。

「この神殿にエクスカリバーが封じられていたのか……もしかして他にお宝もあったりするのか⁉」

『いえ、残念ながらありません。私も調べましたけど、特に金目の物はなさそうですね』

「畜生っ‼」

「ダイン殿は魔物の素材を回収していたのでは？　それだけでも十分な稼ぎになるでござろう？」

「欲張りは早死にするわよ。それにしても、ここの階層は今までの中でも危険度が高いわね。普通、ゴブリンキングが群れを成すなんてありえないことよ」

『ゴブリンキングやゴブリンロードよりも厄介な相手もいますよ。私も何度死んだふりで危機を乗り越えたことやら……』

「コボルトや狼系の魔物に噛みつかれなかったの？」

『正直に言えば、何度か追いかけ回されましたね』

「あの……帰りはどうやって帰るの？」

『仕方ありませんから、あなたにも転移石を分けてあげますよ。あ、請求書は後で自宅に送りますから』

「請求書!?」

そんなこんなで色々とあったが、レイト達は無事に大迷宮の最下層まで辿り着き、数多くの冒険者が到達できなかった最深部を踏破した。

しばらくの間、それぞれが傷を癒すために白薬湯に浸かった。

そして準備を整えたので、転移石で外の世界へ戻ることにした。

「ホネミン、俺達もう行くよ。本当に色々とありがとう」

『いえいえ、今度は新しいメモ帳を持ってきてくださいね』

「世話になったわ」

レイト達は一か所に集まり、全員が転移石を握りしめる。

ホネミンはしばらくの間は神殿に残るらしい。彼女へ別れの言葉を告げると、全員が転移石を使用する準備する。

「まあ、お別れと言っても顔が見たくなったら会いに来るから」

「そうね。しばらくの間は第四階層に挑むことになるから、また顔を合わせる機会もあるかもしれないわ」

「でも、こういうパターンだと、あれから俺達はホネミンと二度と出会えなかった……みたいな感じになりそうな気がする」

『あたしは幽霊か妖精ですかっ』

「あの、スケルトンさん!!　白薬湯の件、ありがとうございます!!」

ミナが背中に大きな壺を背負いながら勢いよく頭を下げる。その際に、蓋をした壺から白薬湯が滲み出てきたため、慌てて彼女は身を起こす。

そんな彼女にホネミンは気にするなとばかりに手を振り、気軽に彼女の肩に手を置く。カタカタカタッ……。

「ひいっ⁉」

「こら、怯えちゃってるでしょ!!　ちゃんと書きなさい!!」

「お母さんみたいだな……」

『ああ、すいません。この人、からかいがいがあるのでつい……』

怯えるミナをレイトが抱きしめ、ホネミンを叱りつける。ホネミンは笑っているのか顎を動かしながら筆談するが、もうそろそろレイトが渡したメモ帳も尽きかけていた。

『それじゃあ、そろそろ行っちゃってください。私は優雅に温泉を味わうので気にしないでいいですよ』

「今度会う時までにはアンデッドぐらいに再生してる？」

『ホラーじゃないっすか』

最後に漫才のようなやり取りをし、レイト達はホネミンとの別れを惜しみながらも、転移石を使用する。

転移石の使用方法は、転移水晶の時と同様に移動先の階層か、あるいは「転移」という言葉を告げれば外界に移動できる。

レイト達は同時に転移石を掲げた。

「「「「転移!!」」」」

◆　◆　◆

レイト達の視界が光り輝き、やがて光が消失した頃には――

大迷宮の出入口に辿り着いていた。既に時刻は夕方を迎えており、そこには他の冒険者の姿もあった。

「……どうやら無事に帰ってこられたようだな」

「ふうっ……疲れた」

「おや、お帰りですか?」

帰還を果たしたレイト達の前に一人の老人が近づいた。この大迷宮まで彼らを運んできたカイである。どうやらこの時間帯まで商売をしていたらしい。

彼はレイト達の姿を見て疑問を浮かべる。

「……これだけ長い時間を彷徨《さまよ》いながら、まるでお風呂に入ってきたばかりのように綺麗な体をしていますな」

「まあ、実際に入ってきたんですけどね」

「悪くはなかったわ」

「いい湯加減だったでござる」

「……？」

レイト達の言葉にカイは首を傾げる。そんな彼に、レイトは空間魔法を発動してエクスカリバーを取り出して手渡す。

彼は戸惑いながらも聖剣を受け取り、そのあまりの美しさに驚いていた。

「こ、これは……!?」

「約束通り、というわけでもないけですけど……持ち帰りましたよ」

「まさか、エクスカリバー……!?」

大きな声を上げそうになったカイは慌てて声を抑え、手にしたエクスカリバーに視線を向ける。

そんな彼に、レイトは更にホネミンから預かった腕輪を差し出す。

「これもどうぞ。あの子からあなたに渡すように言われました」

「これは……私の腕輪？」

「あなたが持ち帰るのを忘れていた代物だそうです」

「会ったのですか⁉　あの人に⁉」

カイはエクスカリバーを握りしめながら古ぼけた腕輪を受け取り、動揺を隠せない様子で二つを交互に見ている。この腕輪はカイが大迷宮を抜け出す際に残していった物であり、カイは考え深げに聖剣と腕輪を見つめる。

「そうですか……あの方はまだこんな物を持っていてくれたのですか。ただの装飾用の腕輪だったのに……」

「伝言も預かってますよ。今度来る時はもっと高価な物を期待してます、と言ってました」

「はっはっはっ……これは手厳しい」

本当はカイはお礼代わりに腕輪を置いていったのだが、あっさりと返されたことに彼は笑い声を上げ、同時に聖剣を見つめたまま、表情を引き締めてレイトに問う。

「これが聖剣エクスカリバー……なのですか？」

「一応はそうみたいです。彼女の話だと本物で間違いないそうですが……」

「ふむ」

カイはエクスカリバーを振りかざす。元冒険者というだけのことはあり、老人でありながらその剣捌《けんさば》きは見事なもので、シズネとハンゾウも驚いた表情を浮かべる。

カイは満足したように聖剣に視線を向け、レイト達に頭を下げる。

「この聖剣が本物であるかどうか、私程度では確かめることはできません。しかし、彼女と出会い、この腕輪を持ち帰ってきてくれたあなた達を信じましょう」

「ということは……」

「ええ、約束通りに私の財産を差し上げましょう」

「マジで!?」

「うわ、びっくりした!!」

カイの言葉に真っ先にダインが反応し、その彼の声の方にレイトは驚いたのだった。

カイに連れられるままレイト達はガイアの街に戻り、彼が住んでいる屋敷に招待された。屋敷といっても随分と古ぼけており、使用人が数人いるだけで、彼以外に住んでいる人間はいないという。

「どうぞ、おかけください」

「ど、どうも」

「いいのかな、僕もここにいて……」

「美味い」

レイト達は客室に案内され、お茶を用意される。机の上にはエクスカリバーが横たわっており、カイはそれを見ながら感慨深げな表情を浮かべ、ゆっくりと口を開く。

「この聖剣を手に入れるため、私は生涯の半分近くを費やしました」

「……一応は言っておくけど、その聖剣はレイトの物よ？」

「分かっております。剣士をやめた時点から、この聖剣を自分の物にしようとは思っていません」

「それなら別に報酬はいりませんけど……」

「いえ、そういうわけにはいきません」

カイはゆっくりと立ち上がり、机の上のベルを鳴らし、使用人に台車に載せた大きな金庫を運び込ませる。彼はレイト達の目の前で金庫を解錠し、中身を見せる。

「これが私の財産です」

「おおっ……あれ？」

「……赤い魔石？」

金庫に収納されていたのは予想に反して、金銭の類《たぐい》ではなく角ばった形をした赤い魔石だった。

その形状に見覚えがあり、すぐレイト達は大迷宮の魔物が体内に宿す経験石だと気付いた。

「これは経験石ね。だけど、これほどの大きさ……もしかして竜種の⁉」

「そうです。まだ若かりし頃、私が仲間達と共に倒した竜種の経験石です」

「えええぇっ⁉」

この世界の竜種は災害の象徴と恐れられる危険な存在であり、全ての竜種は例外なくレベル５に指定されている。しかも、大迷宮に生息している竜種は外界の世界よりも戦闘力が高い。その竜種の経験石となれば、凄まじい価値がある。

「私が所有している物の中で最も価値のある物です。無論、満足できないようならば金銭も用意しますが……」

「い、いやいや!!　いいんですか、こんな価値のある物をもらっちゃって!?」

「ダイン、何であなたが反応してるのよ……でも、確かにこれは驚きね」

「これ、どれくらいの価値があるんだろう……？」

レイトは机の上に置かれた経験石に視線を向け、腐敗竜を討伐した際に自分も一気にレベルが上昇したことを思い出した。竜種を倒した時に得られる経験値が凄まじいのは知っている。そのため、ここは久しぶりにアイリスに問うことにした。


『アイリス』

『お、なんか随分と久しぶりの交信ですね。一年ぶりぐらいに感じられます』

『なんでだよ。一昨日も交信してたじゃん』

『そういえばそうですね。その前にちょっと待ってくださいね、レイトさんの行動をリプレイで見ますから……ふむふむ、ほほう、へえ～……』

『なんだか記憶を探られているようで気分悪いんだけど……』

大迷宮にいた期間はアイリスはレイトと交信できなかったが、その間の彼の行動も読み取ることができる。大迷宮で何が起きたのかを把握したのか、彼女は動揺した声を出す。

『え、ちょっ……アイラさんと会ったんですか⁉　というか、生きてたんですかあの人⁉』

『会ったよ。知り合いだったんでしょ？』

『知り合いも何も、レイトさんよりも付き合いが長かったんですよ。まさか生きていたとは……感動です』

『どうしてホネミンはアイリスと交信できないの？』

ホネミンも生前、レイトのようにアイリスと交信していたという話は聞いていた。だが、今の姿に陥ってからアイリスとは交信ができなくなったという。レイトが問い質すと、アイリスは考え込むようにしばらく黙り、やがて理由が判明したのか、自分の予測も交えて説明する。

『前にも言った通り、渡しが送り出した人間には、私自身の魂の一部を分け与えます。それを媒介して今のように交信したり、あるいは特別な力を加護という形で与えているんです。だけどこの力は不滅ではなく、魂が消滅した場合は効果を失うんです』

『でもホネミンは生きてるよ……うん、生きてるよね？』

『まあ、今のアイラさんの状態は私も何とも言えませんけど……恐らくはアイラさんが持っていた勇者の復活アイテムは、アイラさんの魂だけしか蘇らせられなかったんでしょうね。だから私の魂は消滅してしまったのです。しくしく……』

『あ、だから力を失ったわけね』

『レイトさんも気を付けてくださいよ。まあ、死なない限りは大丈夫でしょうけど……それより、本題に入りましょうか。アイラさんが生きていたのは嬉しいことですが、用件は何ですか？』

『この竜種の経験石を渡されたんだけど……どうしたらいいかな？』

『ほうほう、これはレア物じゃないですか。大迷宮の牙竜《きばりゅう》の経験石とは……恐らく、価値としては日本円で換算すると最低でも数十億円はしますね』

『数十億!?』

『当たり前じゃないですか。竜種の経験石なんて国宝級のお宝ですよ？　これを使えば高レベルの冒険者なら一気に英雄（70レベル以上）の領域に到達できるんですから』

予想以上の価値にレイトは驚くが、アイリスによると、地球の宝石よりも遥かに価値がある物らしい。

『それにしても、このお爺さんも意地が悪いですね。竜種の経験石なんて渡すとは……』

『確かにそれほど凄い価値があるなら換金とかも難しそうだね』

『それもありますけど、この場合は問題は別です。竜種の経験石を所有していることを知られたら面倒なことになりますよ。間違いなく王国も嗅ぎつけますね』

『あ、そっか。それは問題だな』

忘れがちだが、レイトは王国から指名手配されている。表向きは森の中で行方不明となり、死亡したと処理されているが、もし生きていたことがバレたら非常にまずい。現時点でレイトが生存していることを知っているのは――身内であるマリアと、彼女の配下数名。そしてバルを含むレイトの仲間達だけ。他の人間には知られていない。

いずれにしても、竜種の経験石を所有する冒険者として悪目立ちするのは非常にまずかった。

『でも、ここで断ると勿体ないしな……というか、ダインあたりが絶対に反対しそう』

『そうですね。でも、ここは自分の命を優先しましょう。無難《ぶなん》に、こんな高価な物は受け取れませんとか言って断っちゃってください』

『しょうがないな……あ、そうだ。俺がいない間に何か異変は起きていない？』

『闘技祭に向けて色々な方が街に集まっているぐらいですよ。まあ、詳しい話は近いうちに「別の場所」で話しましょう』

『……？』


アイリスの言葉にレイトは違和感を抱くが、彼女との交信を遮断し現実に戻ったレイトは、他の人間が何かを言い出す前に、カイに断りの言葉を告げる。

「カイさん、申し訳ありませんが、この経験石はもらえません」

「ちょ、何言ってんだよ、レイト!?　これがどれだけの価値があるのか、分かってるのか!?」

ダインがレイトの言葉に驚くが、他の人間は何も話さず、レイトとカイの様子をうかがう。レイトとしても経験石が凄まじい価値がある物だとは理解しているが、それでも受け取るわけにはいかなかった。

「今回の件は別に正式に依頼を受けたわけでもないし、それにカイさんも最初に会った時に、ただの冗談だと言っていたじゃないですか」

「それは……確かにそうですが」

「そもそも、聖剣を渡すわけでもなく見せただけで、こんな高価な物は受け取れませんよ」

「しかし、冒険者にとって経験石は価値のある物ではないのですか？」

カイもレイトの申し出が意外だったのか戸惑いの表情を浮かべるが、レイトは経験石に視線を向け――確かにこれを何らかの方法で破壊すれば大きな力が手に入ることは分かる、正直に言えば惜しいと思う気持ちもあるが、ここで受け取ると面倒事に巻き込まれる――と考えた。

「皆はどう思う？　この経験石を売って山分けとかしたい？」

「僕はそもそも部外者だから……」

「私も別にどうでもいいわ。そもそも、このお爺さんの願いごとを引き受けたつもりもなかったわよ」

「俺は何もしていない。エクスカリバーを手に入れたのはレイトだ。レイトが決めればいい」

「拙者もゴンゾウ殿と同意見でござる」

「うっ……わ、分かったよ。お前の好きにしろよ」

今回の依頼の報酬を受け取るか否かは、実際にエクスカリバーを受け取ったレイトに決める権利があると仲間達は考えた。

「カイさん、申し訳ないんですが、今回の報酬は受け取れません」

「ですが、それだは私の気が収まりません。この経験石がだめならば他の物を用意しましょう」

「そういうことなら……」

カイは経験石を金庫に戻し……結局レイト達は代わりに各々が希望する品物を受け取ることになった。

レイトは魔力を回復する魔力回復薬を十本ほど要求し、シズネとゴンゾウは回復薬、ハンゾウは解毒薬を受け取った。ダインだけは金銭を要求し、銀貨数十枚を受け取った。ミナは部外者ということで受け取るのを拒否した。

レイト達がカイの屋敷を後にしようとしていると、生きているうちにエクスカリバーを拝見させてくれた礼も兼ねてと、結局は宿屋までカイが彼の馬車で送ってくれた。

レイト達が帰ってくると、即座にコトミン達が迎え入れ、無事に戻ってきたレイト達との再会を喜び合ったのだった。

◆　◆　◆

ミナの方はといえば――持ち帰ってきた白薬湯のお陰で母親の容態が回復し、レイト達が見舞いに訪れた時には緑死病の症状は消えていた。

これでミナも心置きなく冒険者が続けられることに感謝するが、やはり母親が心配なのでしばらくは街に滞在すると決めた。

6

闘技祭の開催日まで既に二か月を切った。

レイトとシズネは大迷宮内に挑む際は必ず行動を共にし、お互いの剣技を確かめ合うように稽古をしていた。

その目的はあくまでも、大迷宮の踏破ではなく最強の剣士ゴウライを倒すため。

二人は試合で後悔しないように、お互いの動作を確認し、共に戦う術を磨いた。

塔の大迷宮の最下層である第五階層の草原——そこはゴブリンキングが住処としており、彼らを指揮するゴブリンロードも存在する。

ゴブリンといえども、上位種に至ると戦闘力はオーガにも劣らず、しかも知能も高い。そんな彼らが群れを成した時こそが最も危険であり、場合によっては外界に存在する竜種さえも凌ぐ危険度を誇るだろう。

しかし、そんな草原に一人の少年が、布で目隠しをしながら大剣と長剣を握りしめて立ち尽くしていた。彼の周囲にはゴブリンキングの死体が並んでおり、正面には傷を負ったゴブリンロードが相対するように立っていた。

「グギィイイッ……!!」

「ふうっ……」

負傷した腕を押さえながらゴブリンロードは目の前に立つ少年を睨みつけ、威嚇をしながら隙をうかがう。

だが、少年は目元を隠しながらも、正確にゴブリンロードの位置を把握しているかのようだ。

腰の鞘に長剣を戻して、右手だけで大剣を掲げた状態で、手元を紅色に光り輝かせる。

「『重撃剣』」

「グギャアッ!!」

この一か月の間に、より筋肉をつけたその少年——レイトは迫りくるゴブリンロードを「心眼」のスキルで感じ取っていた。

相手が両腕を伸ばしながら巨体を生かして自分を押し倒そうとしていることに気付くと、あえて自分も前に向けて踏み込み、右腕のみで大剣を振りかざす。

「はああっ!!」

「ッ——!?」

重力を操作する「重撃剣」、速度に特化した「疾風剣」、上段から剣を振り下ろす「兜割り」、これらの戦技を同時に発動させ、迫るゴブリンロードの頭部に刃を減り込ませる。その威力は通常の「疾風撃」や「兜砕き」の比ではなく、ゴブリンロードの巨体が二つに引き裂かれて地面に倒れ込んだ。

「ふうっ……やっと完成したな」

目に巻きつけていた布を取り払い、レイトは汗を拭いながら大剣に視線を向け、笑みを浮かべる。

遂に複数の戦技を組み合わせて生み出した、「加速剣撃」の剣技を完全に身につけ、「身体強化」なしの通常の状態でも繰り出せるようになった。「鬼刃《きじん》」と比べれば威力は劣るが、それでもゴブリンロードを打ち倒すほどの威力はあり、これならば試合でも役立つだろう。

「さてと、経験石だけ回収して帰るか……もう死んだふりはいいよ、ホネミン」

『あ、もう終りました？』

レイトが地面に横たわっている白骨死体に声をかけると、白骨死体ことホネミンは起き上がった。ホネミンは身体の泥を払っている。

彼女は付き添いとしてこの階層に同行しているものの、魔物が現れた時は死体に化けてやり過ごしている。ちなみに、現在もメモ帳で筆談を行っており、彼女は高速で文字を書き込んでレイトと会話を行っている。

『いや～、まさか一人で第五階層に挑みたいと言った時は何を考えているんだと呆れましたけど、大分腕を上げたようですね。最初にここに訪れた時に逃げ回っていたのが嘘みたいですよ』

「あの時は気絶していたミナを運んでいたから戦えなかっただけだよ」

『それでも成長したのは確かですよ。レベルも相当上がったんじゃないですか？』

「生憎《あいにく》と2しか上がってないよ」

大迷宮に挑んでから随分と経過しており、レイトのレベルは67に上昇している。レベルが50を超えたあたりからレベルの上昇に必要な経験値の量が跳ね上がるらしく、相当な数の魔物を倒したにもかかわらずレイトのレベルは殆ど上がっていない（魔術師はもともとレベルが上がりにくい）。

「よし、経験石の回収完了。いや、本当に疲れたな……」

『こんなに強いのに回収できる素材が経験石ぐらいというのが割に合いませんね』

「全くだよ」

上位種といってもゴブリンの素材は価値は低く、オークの素材の方が高い。ゴブリンキングとゴブリンロードから回収できる素材は経験石程度しかなく、死体に関しては骨も皮もほぼ価値はない。そんなわけでこの第五階層で得られる価値ある物は、強いて言えば冒険者から奪った装備品ぐらいだろう。

骨に関しては頑丈なので武器として利用できなくもないが、金属製の武器と違って破壊された時に修復は不可能であり、何よりも衛生面で問題がある。皮に関しては盾などの防具に取り付けることもできるが、その場合は綺麗に剥ぎ取る必要があり、解体に時間をかけなければならない。大迷宮は休憩地点《スポット》を除けばどんな場所も魔物の巣窟のため、悠長に死体から皮を剥ぎ取ろうとすれば他の魔物に見つかる可能性が高い。そんなわけで、大抵の冒険者は経験石だけを回収している。

「流石に疲れたから今日は帰るよ。ホネミンはどうするの？」

『私も今日は戻りましょうかね。転移石の補充もしないといけませんし、大人しく第三階層の城に引きこもります』

「分かった。今度来る時はブラシでもしてあげるよ」

『いや、私のボディを磨こうとしないでください。自分で洗えますよ』

雑談を終えるとレイトはホネミンから受け取った転移石を取り出し、ホネミンと別れて外の世界へ転移する。

◆ ◆ ◆

転移石を利用して大迷宮を抜け出したレイトはガイアの街に戻り、街の出入口で待機していた狼《ろう》車《しゃ》と仲間達の姿を発見する。

既に全員が出発の準備を整えており、彼の帰りを待ち構えていた。

「あら、やっと帰ってきたのね。あの骨娘との逢引《あいびき》は楽しかったのかしら？」

「それなりに楽しめたよ」

「ぷるぷるっ」

「お帰り」

スラミンとヒトミンを抱えたコトミンが出迎え、既に狼車の中には他の人間が乗り込んでいた。

レイトは空間魔法を発動して狼車を引くウルに干し肉を投げる。

「ほら、お土産」

「ウォンッ!!」

「はわっ!? きゅ、急に動かないでほしいでござる!!」

ウルが嬉しそうに空中の肉に食らいつき、その際に狼車が揺れて運転役のハンゾウが注意する。

そんな彼女に謝罪しながらレイトが乗り込もうとすると——行きの時は存在しなかった面子《メンツ》が一人増えていることに気付く。

「あ、お帰り〜」

「あれ、ミナもいたの?」

「えっ!? 都市に一緒に戻るって約束してたよね?」

「そういえばそんなことも言っていたような……」

母親の容態も回復したのでミナも冒険都市に戻り、これまで通りに冒険者稼業を続けることが決まった。そんなわけで彼女はレイト達に同行していた。

「あ〜あ……あの経験石、勿体なかったなぁっ……」

「まだ言ってるのダイン……もう諦めなよ」

「だけどさ、もしかしたら僕達は今頃は億万長者になれてたかもしれないんだぞ⁉　そんな簡単に忘れられないよ……はあっ」

狼車の隅でダインは深い溜め息を吐く。カイから経験石を受け取るのを断って以来、ずっと彼は落ち込んでいた。

もっとも、カイの依頼に本気で応えようとしていたのはレイトだけなので、彼が報酬を断ったことに関しては渋々納得している。それでも経験石を受け取っていれば、今頃は貴族にも匹敵するほどの財産を手に入れられていたという考えを振り払えず、ダインは未練がましくレイトに言葉をかける。

「な、なあレイト……あの爺さんから経験石を受け取らなくて本当に良かったのか？　あれさえあれば、僕達もう一生働かなくて済んだかもしれないんだぞ？」

「その話、何十回目よ？　いい加減に諦めなさい」

「あまりレイトを困らせちゃダメ」

「ダイン、もう諦めろ」

「何でお前らはあっさりと納得してんだよ‼　まあ、分かったよ……」

「そう落ち込まないでよ。しょうがないな……じゃあ、今度ダインのお願いを聞いてあげるから機嫌直してよ」

「え、マジで？　じゃ、じゃあ今度大迷宮に挑む時はお前の取り分の半分をくれよ!!」

「別にいいけど……」

レイトの言葉にダインが顔を上げ、早速願いごとを告げるとレイトはあっさりと承諾し、ダインの機嫌があからさまに変化する。

そんな彼に呆れながらも、シズネはヒトミンを膝の上に乗せ、ガイアの街に視線を向け、一瞬だけ目つきを鋭くした。

「……気のせいかしら」

「シズネ？」

「いいえ、何でもないわ。それよりも早く出発しましょう」

シズネの反応に傍にいたレイトが疑問を抱くが、彼女は首を横に振って狼車を発車させるように指示を出す。一か月以上も世話になったガイアの街の風景を確認しながら、レイト達は冒険都市に向けて出発する。

◆◆◆

この数日後、狼車は何事もなくルドリ荒野に到達し、夜間に狼車を走らせていた。

この荒野には地竜が生息しているため、地竜が最も活動が鈍る夜の時間帯を狙って狼車は冒険都市に向けて移動していた。

「やっとここまで戻ってきたのか……もう少しで冒険都市に戻れるんだな」

「都市に戻ってもやることは山積みよ。大会前にどれほどの猛者《もさ》が出場するのか調べる必要があるわね」

「情報収集なら拙者に任せてほしいでござる!!」

「いや、普通にマリア叔母様に聞けば分かるから……」

狼車の中でレイト達は簡単な食事を取りながら雑談をし、都市に戻ってからの行動を話し合う。コトミンとゴンゾウとミナは既に眠りについており、現在はダインが狼車を運転していた。

「……前から気になっていたけど、どうしてレイトは氷雨のギルドマスターを叔母様と呼んでいるの？　まさか本当に親戚なの？」

「ああ、それは……」

「れ、レイト殿……!!」

会話の最中にシズネはレイトがマリアのことを叔母と呼んでいることに疑問を抱き、レイトは彼女に事情を説明しようとしたが、慌ててハンゾウが引き留め、彼の耳に口元を近づける。

「今の時期に無闇にマリア殿との関係を他の人間に話してはまずいでござるよ」

「え、なんで？　叔母様だって割と俺のことを皆に紹介してるじゃん」

「それは見張り役のハヤテ殿がいなかったからでござるよ。だけど、今はハヤテ殿が戻ってきたからレイト殿とマリア殿の関係は秘匿しなければ……!!」

「ハヤテ？」

「何をこそこそと話しているのよ……怪しいわね」

剣聖の一人であるハヤテの名前が出てきたことにレイトは疑問を抱くが、ハンゾウと距離を縮めて話し合う彼にシズネが眉を顰めて問い質す。

「一体何を隠しているの？　教えなさい」

「う～んっ……誰にも言わない？」

「言わないわよ。それとも、自分の相棒を信じられないの？」

「分かったよ。別にいいよね？」

「まあ、シズネ殿なら信頼できるでござるが……」


結局、レイトは自分の正体が王国の王子であること、そして氷雨のギルドマスターであるマリアが実の叔母であることを告げると、流石のシズネも彼の出生に驚きを隠せない。

「バルトロス王国の王子に……ヨツバ王国のハヅキ家の血筋でもあるの？　とんでもないわね……」

「ちなみに俺のことは世間ではどんな風に広まっているの？」

「一般的には第一王子は死産だったと言われているでござる。母君のアイラ殿に関しても王国を追放されたことになっているでござる」

世間一般ではレイトが誕生したことは知らされているが、表向きには子供を死産したと伝えられており、待望の男児だっただけに落胆した人間も少なくはなかったという。

世継ぎが存在しなければ国として成り立たず、国王の身に万が一の危機が訪れた場合、国家が崩壊してしまう可能性もある。だからこそ現在の王妃が王子を出産した時は国民の多くが喜んだ。

「というか、そもそも今の王子はどんな子供なの？」

「それは拙者も知らないでござる。というより、王子は滅多に表舞台には姿を現さないでござる」

「一時期はあまりにも姿を出さないから死亡しているのかと疑われたこともあるわね」

「へえ……」

自分の腹違いの弟の評判が気になったレイトだが、一般の間では王子の情報は制限されているらしく、本当に存在するのか疑われたこともあるらしい。

しかし、闘技祭には国王と王妃の他に王子と王女が観戦に赴くという噂が流れているという。

「でもどうして王国の第一王子であるあなたが冒険者なんてやっているのよ？」

「それは……まあ、家庭の事情ということで」

「どんな事情よ。いいから教えなさい」

レイトは仕方なく自分が王国から追い出された理由、更にどうやって生き延びてきたのかを話した。父親から殺されかけたという話はシズネも衝撃を受けたように黙り込む。

「……実の父親が子供を殺そうとした？　職業が不遇という理由だけで……信じられないわ」

「別に珍しい話でもないよ。よりにもよって覚えていた職業がどちらも不遇職だったことが決め手だったのかもしれない」

「そう、ね……」

父親に愛されていたシズネだからこそ、レイトが生まれた時点で父親から殺害されかけたという話を聞き、彼に憐れみの感情を抱く。

しかし、レイト本人は父親に対して愛情や憎悪の感情を抱いたことはない。実際のところは彼にとっての父親は地球で暮らしていた頃に育ててくれた父親しか思い浮かばない。

(父さんと母さんはどうしてるかな、今度アイリスに聞いてみようかな)

地球で生活しているはずの両親のことを思い出し、前にアイリスから自分がいなくなった後の二人がどのように過ごしているのか尋ねようとした時もあったが、仮に聞いたところであの世界に戻れないことに変わりはない。それでもやはり地球で共に過ごしていた両親のことを忘れたことはなく、今度彼女に尋ねることを決める。

「そういえば母上とも随分と会ってないな……今頃何してるんだろう」

「その、お母さんとは仲は良かったの？」

「良かったよ。俺が悪戯《いたずら》しても一度も怒らなかったし、勉強の時間を抜け出した時も匿ってくれたし、子供の頃は子守歌で寝かしつけてくれたりもしたよ。だけど……」

「だけど？」

レイトは母親のアイラと同様に自分に愛情を抱いてくれたアリアを思い出し、彼にとってアリアは家族であり、姉や母親のような存在だった。

結局、彼女が何を考えていたのか、どうして自分が殺された時に笑いかけてくれたのかは分からなかったが、それでもレイトにとってアリアは今でも大切な存在に変わりはない。

「……そういえば親父、いや国王は世間一般ではどんな風に言われてるの？　なんか、マリア叔母様は嫌っているらしいけど」

「そうね……言っては悪いけど、先王と比べたら地味な印象は拭えないわね。少し前までは良い評判も悪い評判も聞かなかったけど、腐敗竜の一件で民衆の評価を落としたのは間違いないわね」

「腐敗竜の件は拙者達も噂は耳にしていたでござるが、結局は駆けつけることができなかったのは申し訳ないでござる」

「まあ、それはしょうがないよね」

腐敗竜が冒険都市を襲撃した際、王都は軍隊を派遣せず王都の防衛のみに集中していたことは民衆も知っている。

当然だが、冒険都市周辺の民衆は王国の行動に憤慨し、税を納めているにもかかわらず竜種という存在から守ってくれなかった王国軍や国王を非難した。

実際に冒険都市が救われたのは冒険者達と都市に駐在していた警備兵のお陰であり、逆に冒険者の評価が上昇した。

一応は腐敗竜の討伐後は王国側も被災者のために多額の資金は援助したが、腐敗竜の影響でいくつもの村や町が滅び、更に生態系が乱れたことで様々な問題が生じている。

その問題の対処も王国軍だけではどうにもできず、冒険者の力を借りざるを得ない。

だからこそ冒険者ギルドの中でも最大の勢力を誇るマリアの権力が一層に強まり、彼女を支持する民衆も増加の傾向にある。

「……ウォンッ⁉」

「にょわぁっ⁉」

「きゃっ⁉」

「うわ、どうしたウル⁉」

会話の最中に唐突にウルが立ち止まり、そのせいで馬車が大きく揺れて中で寝ていた他の人間も目を覚ます。いきなり立ち止まったウルにレイトは視線を向けると、彼は警戒するようにうなり声を上げ、その直後にハンゾウも何かに気付いたように馬車から飛び降りる。

「こ、この反応は……何か近づいてくるでござる‼」

「何かってなんだよ⁉」

「そこまでは分からないでござるが、嫌な予感が止まらないでござる‼」

彼女の気配感知の技能スキルの範囲は広く、ウルも事前に近づいてくる存在に気付いたらしく、牙を剥き出しにしながら周囲を警戒する。後方の荷車に乗り込んでいたゴンゾウも棍棒を持って地面に降り立ち、他の人間も慌てて続く。

「て、敵が現れたの⁉　どこにいるの⁉」

「ぷるぷるっ……‼」

「まずは落ち着きなさい‼　それはあなたの槍じゃなくてスラミン君よ‼」

寝ぼけた状態のミナが自分の槍と間違えてスラミンを掴んで筒状になるまで引き延ばしてしまい、シズネが呆れながら彼女に槍を渡す。

ちなみに現在のミナが使用しているのは父親の形見の槍であり、元々彼女が使用していた槍は結局は見つからなかった。

「……眠い、早く終わらせて」

「よ、夜なら僕の影魔法の真価を発揮できるからな……どんな相手だろうと拘束してやる‼」

「頼もしいわね。だけど、この荒野に生息する魔物は限られているわよ……」

シズネは接近する魔物の心当たりを思い出したのか冷や汗を流し、レイトも初めてルドリ荒野に訪れた時に彼女から聞いた話を思い出し、嫌な予感を抱く。

そして彼の予感は数秒後に現実となり、地響きを鳴らしながら地中から巨大な生物の顔面が出現した。


オァアアアアッ……‼

最初に姿を現したのは巨大な竜の頭であり、地面を割って巨大な生物が出現した。

その姿は竜と亀が組み合わさったような外見をしており、全身が岩人形のように岩石の外殻で覆われ、更に背中には亀の甲羅を想像させる岩山の突起が存在し、四肢は短く特徴的な大きな顎の魔物がレイト達の前に立ちはだかる。

「じ、じじ、地竜だぁあああっ⁉」

「こいつが……⁉」

「声を抑えなさい‼　地竜は視覚よりも聴覚に敏感なのよ‼」

ダインの悲鳴が荒野に響き渡り、他の人間も体長が七、八メートルは存在する生物に視線を奪われる中、シズネが警告する。

初めて地竜を見たレイトは、腐敗竜や白竜と比べれば小柄ではあるが、その威圧感は並の魔物の比ではなく、油断できない相手と判断して退魔刀と反鏡剣を引き抜く。

「ガアアアッ‼」

「オアアアッ‼」

巨狼化したウルが威嚇するように鳴き声を上げると、地竜も負けずに咆哮を放つ。

その光景に怪獣映画を見ているような気分に陥りながらもレイトは限界強化で身体能力を高め、他の人間も戦闘態勢に入ろうとするが、シズネが予想外の言葉を伝える。

「こいつは地竜の子供よ!!　きっと近くに親がいるはずだわ!!」

「子供!?　この大きさで!?」

「親はもっとでかいわ!!　親が現れたら全員殺されるわよ!!」

「じゃ、じゃあ逃げるしかないのか!?」

「それも無理よ!!　地竜は子供でも獲物と定めたら絶対に諦めずに追跡してくるわ!!　だから時間をかけずに倒すしかないの!!」

「そんな無茶な……!?」

地竜の親が出現する前に子供を仕留めなければ生き残る手段はなく、レイトは剣を構えながらも地竜に視線を向け、子供でも現在のウルの二倍近くの体長の相手にどのように対処するのか悩む。

彼は地竜の詳しい生態と弱点を教わるためにアイリスと交信した。

『アイリス』

『ふぁあっ……なんですかこんな時間に、寝不足はお肌に悪いんですよ』

『お前、自分は寝なくても平気な存在だと言ってたやん!!』

『ちょっと例の商人さんの口調が移ってません？　それはともかく、とんでもない相手と対峙していますね』

レイトの相手が地竜と気付いたアイリスは真剣な口調に変わり、流石の彼女も今回はふざけている場合ではないと判断したのか、レイトが求める情報を伝える。

『地竜は竜種の中でも力と硬さに特化した竜種です。白竜のように「竜の吐息」は行えませんけど、全身が岩人形のように特殊な岩石の外殻で構成されているので物理攻撃で破壊するのは困難な相手です。だけど、この外殻は水や氷に弱いです。だから大量の水を浴びせるか、あるいは水属性の魔法で外殻を破壊して中身に攻撃を仕掛けてください』

『水か……』

『丁度いい具合にシズネさんの雪月花で相手を凍らせればいいじゃないですか。あの魔剣の真の力を使えば地竜なんて敵じゃないですよ』

『俺の「氷装剣」じゃダメかな？』

『難しいでしょうね。「付与強化」の魔法で威力を上昇させればどうにかできるかもしれませんけど、時間がかかりすぎます』

アイリスの助言を聞き入れたレイトは交信を遮断し、シズネに雪月花の力を解放するように言おうとして顔を向けると、既に彼女は魔剣を引き抜いて地竜に向かっていた。

「仕方ないわね……あなたの力を解放する時が来たわ」

「シズネ殿？」

「下がっていなさい。巻き込まれたくなかったらね」

シズネは雪月花を握りしめ、彼女の言葉と気迫を感じ取ったレイト達は即座にその場を離れる。

地竜も異変を感じ取ったのか、シズネを標的にして押し潰そうと接近する。

「オァアアアァッ!!」

「無駄よ……『氷装……』」

接近する地竜に対し、シズネは雪月花を構えると刀身に冷気を迸らせ、更に掌を刃に構えた瞬間、刃が凍りつき、まるでレイトの「氷装剣」のように氷の刃へと変化を果たす。氷の刃と化した雪月花を握りしめ、シズネは地竜に向けて剣を地面に振り下ろす。

「『極寒』」

「オアアッ……!?」

刃が地面に突き刺さった瞬間、シズネの足元を中心に周囲の地面が凍りつき、彼女を押し潰そうとしていた地竜は氷の大地に足を滑らせて転倒する。更に彼女は刃を引き抜くのと同時に剣を下から振り上げた瞬間、氷山を想像させる氷が地竜の足場から出現した。

「喰らいなさいっ!!」

「アガァッ!?」

「浮き上げた!?」

地竜の肉体が大地から出現した棘のように尖った氷山に押し上げられ、体勢を完全に反転させて倒れ込む。

地竜は亀のように四肢をもたつかせて反転した身体を起き上げようとしたが、背中の甲羅型の岩石が仇《あだ》となり、凍りついた地面に突き刺さって上手く身動きが取れない。

「滑稽ね……『氷牙斬』!!」

「グガァッ!?」

動けない地竜に対してシズネが雪月花を突き出した瞬間、まるで獣の牙のように歪《いびつ》な形をした氷柱が誕生し、地竜の肉体に叩きつけられる。

水属性の魔法攻撃を受けた地竜は悲鳴を上げ、氷柱が突き刺さった外殻に亀裂が生じて、徐々に頑丈なはずの岩石の外殻が泥のように崩れ落ちていく。

それを確認したレイトも彼女の援護のために動き出し、退魔刀に掌を構えて魔法剣を発動させる。

「『付与強化』……それと『氷装剣』!!」

退魔刀に刻まれた魔術痕に水属性の魔力を送り込み、更に反対側の腕に氷の大剣を作り出したレイトは地竜のがら空きの腹部に向けて飛び込み、頭上から切りつける。

「『加速剣撃』……『兜割り』!!」

「グガァッ!?」

退魔刀を握りしめる掌に「重撃剣」を発動させ、空中から地竜の腹部に勢いよく叩き込む。水属性の魔力の効果なのか切りつけられた箇所は変色し、泥と化して崩れ落ちて岩石の外殻に覆い込まれていた地竜本体の灰色の皮膚が露わになる。隙を逃さず、レイトは「氷装剣」を叩き込む。

「『刺突』!!」

「ウガァッ……!?」

氷の大剣が胸元部分に突き刺さり、事前に超振動を引き起こしていた氷の刃が地竜の肉体に食い込み、血飛沫が舞う。

いくら外見が岩人形に近いといっても、あくまでも中身は生身の生物であることは間違いなく、外殻を破壊すれば内部に存在する本体に損傷を与えることはできる。

「離れなさい!!　避けないとあなたも押し潰されるわよ!!」

「うわっ!?」

頭上からシズネの声が響き渡り、咄嗟にレイトは地竜の上から離れると、彼女は上空から雪月花を構え、刀身を輝かせながら振り下ろす。

「『月光斬』!!」

刀身が振り下ろされた瞬間、その斬撃の形状が三日月を想像させ、地竜の胸元に突き刺さったレイトの「氷装剣」ごと切り裂く。あまりの威力に罅割《ひびわ》れが生じていた地竜の外殻が崩れ去り、激しい血飛沫が舞い上がった。

「オガァアアアアアアッ……!?」

地竜の断末魔の悲鳴が響き渡り、胸元から血液を噴き出しながらやがて動かなくなり、完全に息絶えたのか目を見開いた状態で微動だにしなくなる。シズネは額から汗を流しながらも雪月花を鞘に戻し、溜め息を吐き出す。

「ふうっ……どうにかなったわね」

「す、凄い……」

「これが……青の剣聖か」

「格好いい……」

レイトの助力もあったとはいえ、ほぼ単独で竜種を撃破した彼女に仲間達は戦慄するが、レイトだけは彼女の最後の攻撃に興味を抱く。

凄まじい破壊力であったことは事実だが、その精錬された動きが見事であり、とてもではないが今のレイトには真似できない。正に本物の剣聖の一撃だった。

しかし、その一方でシズネは顔色が悪くなり、雪月花の力を解放した影響なのか体力と魔力を大分消耗している様子が見られた。彼女は額の汗を拭いながら他の人間を振り返る。

「さあ、今のうちに逃げるわよ。悠長に地竜の残骸を回収している暇はないわよ」

「えっ!? で、でも……」

「言い争っている暇はないわ!! もしも親が来たら私達は殺されるのよ!!」

有無を言わさぬシズネの言葉に全員が黙り込み、即座に狼車に乗り込む。

子供とはいえ、地竜の死体を放置するのは惜しいが、もしも子供の急変に親が気付いたらまずい事態になり、シズネの言葉通りに全員が殺されてしまう可能性がある。

あくまでも今回倒したのは地竜の子供であり、完全に成熟した地竜に勝利できる保証はない。

シズネの指示に従い、全員が狼車に乗り込むとウルが全速力で駆け抜ける。

一刻も早く荒野を抜け出す必要がある。本物の荒野の主と遭遇する前に。

7

紆余曲折を経て、狼車は夜明けを迎える前に冒険都市に到着した。

今日はレイトの家に全員が泊まることになった。

理由としては、闘技祭の開催が間近に迫っているのでどこの宿屋も満員であり、そもそも現在の時間帯では宿屋が開いていない。なので今日のところはレイトの家に泊まり、仮眠を取ってからコトミン以外の人間は泊まる場所を探すことにした、というわけである。

「拙者は一足先に氷雨のギルドに戻って、マリア殿に報告するでござる」

「そっか……分かった。叔母姉さんによろしく言っておいて」

「その呼び方はやめた方が良いと思うでござるが……それでは、御免!!」

「普通に帰れ」

ハンゾウは報告のためにここで皆と別れ、屋根伝いに移動しながら氷雨のギルドに向かっていった。

彼女を見送った後、レイト達は家の中に入り、最初にコトミンが床に倒れる。

「ただいま……そしておやすみ」

「こら、床で寝るな!!　ちゃんと壺の中で寝なさい!!」

「……面倒くさい、運んで」

帰還して早々にコトミンがスラミンを枕にして横たわろうとするが、レイトが慌てて抱き上げて、部屋の隅に設置してある水が溜まった大きな壺に彼女を放り込む。

非人道的に思われるかもしれないが、人魚族《マーメイド》であるコトミンは水中で過ごす方が身体を休ませることができるため、スラミン達と一緒に放り込んでやったのだ。

「おやすみコトミン」

「んっ……おやすみのちゅうが欲しい」

「はいはい……えっと、ちゅちゅう～!!」

「物真似しろとは言っていない……でも、可愛いから許す」

「某遊園地のマスコットキャラクターの方が良かった？　ハハッ」

「言っている意味がよく分からない」

コトミンは壺の中で身体を丸めて沈んだ。普通の人間なら溺死《できし》するが、人魚族《マーメイド》は冷たくて清らかな水の中を好み、スライム達も水面に浮かびながら寝息を立てる。

一応は生物の類なので睡眠は必要とするらしく、レイトは壺の蓋を閉めて皆に視線を向けると既にダインは椅子に座り込んで机に伏せたまま動かず、ゴンゾウは庭の方でウルに身体を預けながら暖かな毛皮に覆われて眠っていた。

「う～んっ……あと三日、三日待ってくれよ……」

「夢の中でまで借金取りに追われてるのか」

「ぐううっ……」

「クゥ～ンッ」

「寝かせてあげなよ」

自分の腹部に体重をかける形で寝息を立てるゴンゾウにウルは困った表情を見せるが、レイトが声をかけてやると仕方がないとばかりに大人しくなり、その一方で残されたミナとシズネはソファの争奪戦を行っていた。

「ちょっとあなた……そこのソファは私が使うのよ」

「だめだよ……僕、もう限界だから譲ってよぉっ」

「あなた、さっきまで眠っていたでしょう？　私の方が疲れてるんだから遠慮しなさいよ」

「中途半端に起きたから眠いんだよう……」

流石のシズネも雪月花の使用で身体に疲労が蓄積されているらしく、ソファで身体を休めようとするが彼女の腰にミナが抱き着き、結局は二人で抱き合う形でソファに倒れ込む。レイトとしては片方に自分のベッドを貸すつもりだったが、横になった途端に眠り込んだらしく、結局ベッドは自分が使うことにする。

「久しぶりの我が家だな……あれ、何だこれ？」

誰かが持ってきてくれたのかいつの間にか机の上に手紙が置かれており、差出人の名前が書かれていないので、不思議に思いながらもレイトは開いて中身を確かめる。もしかしたらマリアかナオ、あるいはフェリス辺りからの手紙かと思ったが、中の紙には、草木の「葉」と「三日月」が合わさったような紋様が刻まれていた。

「何だこれ……うわっ⁉」

紋様しか描かれていない紙にレイトは不審に思うが、無意識に彼が掌を構えると、紋様が消え去る。何かレイトの方から特別なことをした覚えはないが、紋様が消えた途端に文字が浮かび上がった。

「おお、なんか魔法みたい……あ、魔法か」

自分が魔法の存在する世界にいることを思い出しながらも、レイトは表示された文字に視線を向け、その内容を見て首を傾げた。

『今夜、お迎えに参ります』

「何これ？」

訳の分からない文章にレイトは誰かの悪戯かと思ったが、それにしては手が込んでおり、不思議に思ったレイトはアイリスと交信して手紙の差出人を確かめようとするが、急な眠気に襲われて彼は目を押さえる。

「眠い……もういいや、ここで寝よう」

ベッドまで移動するのは無理だと判断し、レイトは壁に背中を預けて瞼を閉じる。仮に誰かが訪れてもウルが起こしてくれると信じ、彼は夢の世界へと誘われた。

◆◆◆

レイトが意識を覚醒させた時、最初に見えたのは空白の視界だった。まるで霧に覆われたような空間であり、地面の感覚もない。

「うわ、何だ!? あれ、でもこの場所……どこかで見覚えが……」

レイトは驚きつつも、見知らぬ場所に放り込まれたわけではなく、確かに彼はこの空間に覚えがあった。

十数年前、まだ彼がレイト・バルトロスとして誕生する前に訪れた場所とよく似ている。

すぐにレイトは周囲を見渡す。

「まさかここは!?」

「ふっふっふっ……やっとこっちの世界にまで引き寄せることができるようになりましたよ」

いやに聞き覚えのある声が後方から聞こえた。レイトが振り返ると、そこには一人の少女がいた。

年齢はシズネやコトミンと大差はなく、恐らくは現実世界で生きていた頃のレイトと同世代ぐらい。白銀の髪の少女が立っていた。

「まさか……!?」

「やっと私の姿を見せることができましたね。まあ、姿といっても作り物なんですけど……こうして顔を合わせてちゃんと話すのは初めて会った時以来ですね」

「アイリス!?」

少女の声は、間違いなくレイトが交信する度に耳にしていたアイリスのものだった。彼女は笑顔を浮かべながら彼の方へ近づく。

「ホネミ……アイリス!!」

「ちょっと!!　口調が似てるからって別の人の名前を口走ろうとしましたね!?　全くもうっ……」

レイトが現れた少女に近寄ろうとすると、浮遊している身体が勝手に動き、アイリスと思われる少女のもとに向かう。

「うわっとと……何が起きてるの？」

「ここは私が作り出した疑似空間、分かりやすく言えば夢の世界です。魂の波長が合いやすくなったのでレイトさんを呼び出したんですよ」

「夢の世界……スタ○ド攻撃か!?」

「違いますよ!!　確かに似たような能力ですがっ!!」

「あいてっ」

アイリスがレイトの頭を小突く。

どうやらこの空間では、彼女もレイトに触れられるらしい。

最初はただ浮いていた身体が、レイトの意思に合わせて自由自在に動かせるようになっていく。

「おお、浮いている。無重力なの？」

「まあ、重力の概念はないですけど、地面を強く意識して普段通りに動きたいと考えればその通りになりますよ」

「普段通り……おおっ」

レイトは、自分の足元に地面があると強く念じる。すると、確かな感触が足に広がり、普通に立つことができた。先ほどは見えなかった白色の床が広がっており、足場を確かめるように何度も踏みつける。

「この世界では想像した物ならどんな物でも生み出せますよ。だからこんな風に何もない空間でも……ほら、机と椅子も作り出せます」

「わ、凄い!!」

「料理も用意しますね」

二人の目の前に大きな机と椅子が現れ、更に机上にはピザと飲み物が載っている。アイリスが作り出した物らしい。夢の世界でありながら感覚が存在するため、ピザの香ばしい匂いや熱も感じ取れた。

「美味しそうだな。でも食べて大丈夫なの？」

「どうぞどうぞ、ここならいくら食べても大丈夫ですよ」

「いただきます!!」

　こちらの世界では滅多にありつけない料理だ。レイトは嬉しそうにピザを食べ、ジュースを飲む。

久しぶりに前世の料理を味わい、声を上げる。

「うん、美味しい。でも、どうして俺はこんな所に……まさか死んだ⁉　死因は寝ている俺の顔に
スラミンが乗っかって窒息死⁉」

「そんな情けない死に方は嫌ですね……だからここは夢の世界ですって、私がレイトさんを呼び出
したんです」

「だけど、何で急に？　寂しかったから？」

「まあ、それもありますけど、この世界ならレイトさんに負担をかけずに話し合えるからですよ。

ほら、ゲームでもして遊びながら話しましょう」

　アイリスはレイトの向かい側の席に座り、どこからか携帯ゲーム機を取り出した。それは、前世
でレイトが愛用していたゲーム機であり、画面には彼が中学の頃によく遊んでいたゲームのタイト
ルが表示されていた。

「あ、懐かしい。これ、よく遊んでたよ」

「時間制限はありますけど、ここならレイトさんのどんな望みも叶えられますから楽しんでくださいよ」

「至れり尽くせりだなぁ……」

ゲーム機を手に遊びながら会話する二人。まさか、このような形でアイリスと対面するとは思わなかったレイトは色々と尋ねる。

「ここが夢の世界、ということなら狭間の世界とは別の場所なの？」

「そうですね。別空間であることは間違いありません。ちなみに時間の概念は現実世界と同じなので、レイトさんが誰かに起こされたら強制的にこの世界からも放り出されます」

「なるほどね。ともかく、これから毎日はアイリスと遊べるわけだ」

「いえいえ、今回は上手く波長を掴めましたけど、そう何度も呼び出せませんよ。今の感覚だと一週間に一度ぐらいですね」

「そっか……まあ、寝る度に呼び出されていたら疲れるもんな」

「私としては毎日遊んでもいいんですけどね。こうして他の人と遊ぶなんてアイラさん以来ですよ」

「紛らわしいからホネミンと呼んでよ」

「いや、元々はアイラさんが本物のアイラさんなんですけどね……ややこしいですけど」

アイリスによると、この世界を訪れたのはレイトを除けばホネミン（アイラ・ハヅキ）だけらしい。ホネミンも最初にこの世界を訪れた時は戸惑ったが、レイトと同様にすぐに順応して遊び尽くしたとのこと。

「くそ、久しぶりすぎて操作を忘れた……あ、罠仕掛ける前に爆弾置かないでよ!!」

「大丈夫ですよ。遊んでいるうちに思い出しますから……あ、ちょっと!!　その猫は私のお供ですよ!?」

「あ、ごめん。死んじゃった……あれ、死んでない？」

「あ～……想像で作り出した物ですからね。無限コンティニューが可能ですし、その気になれば……ほら、勝手にボスを死なせることもできます」

「バグゲーじゃん!!」

「しょうがないじゃないですか!!　思ったことが現実になっちゃうんですから!!」

プレイヤー側に都合が良すぎるゲーム機を手放し、レイトは溜め息を吐きながらジュースを飲み干すが――何故かお腹が満たされないことに気付く。ピザもジュースもいくら食べても飲んでも減る様子はなく、いつまでも机の上には新品の料理と飲み物が用意されていた。

想像通りの物が作り出せるという言葉を思い出す。念じれば失われた料理も飲み物も無限に生み出されるらしく、身体が満腹感に襲われることもないのでいつまでも食べ続けられた。

「どうですか？　私の苦労が少しは分かりましたか？」

「よく分かったよ……都合が良すぎる世界なんて確かに退屈だな」

「そうでしょう？　何でもかんでも思い通りになることが逆に都合が悪いなんて、理不尽な世界ですよ」

紅茶を味わいながらアイリスはレイトに自分の苦労を伝えた。

仕事がない限りは、彼女は常に暇を持て余している。だからこそ彼女は、不自由を味わうために、自分の思い通りにならない世界のレイトと繋がりを持った。そうして彼に助言を与えるだけの存在に徹し、レイトの行動を第三者視点で楽しんでいたという。

「本音を言えば、レイトさんにこれまで協力していたのは、私自身が楽しむのが一番の目的でした。レイトさんもゲームや漫画やアニメを楽しんでいる時、主人公達に自分の考えていることを伝えたいと考えたことはありませんでした？　ピンチに陥っているキャラクターを助けたいと思ったりしたことはありますか？」

「まあ、あるにはあるけど……」

アイリスの言葉にレイトは同意した。

何もかもが思いのままにできる世界にいるせいで、アイリスは不自由だけは手に入らなかった。望めばどんな物も手に入る世界で生まれたにもかかわらず、彼女が本当に欲しかったものだけは手に入らない。

「レイトさんが私の指示通りに行動しない時、やきもきとしながらも嬉しくもありました。だってこの世界には私に逆らえる人なんていませんからね。でも、別の世界にいるレイトさんなら私と対等に接することができます。それが嬉しくて楽しくて時々もどかしかったりもしました」

「アイリス……」

「レイトさん、これだけは忘れないでください。昔はともかく、私がレイトさんを手伝うのはあなたのことが好きだからですよ。あなたは私の娯楽の道具なんかじゃない、私の初めての友達です」

「……ありがとう」

アイリスの言葉を聞いてレイトは笑みを浮かべた。そして立ち上がってそろそろ現実の世界に戻ることを告げた。

「そろそろ行くよ」

「もう行っちゃうんですか？」

「うん、ここも楽しいけど……やっぱり、俺がいる場所はあの世界だから」

「そうですか……」

残念そうな表情を浮かべながらもアイリスは微笑《ほほえ》み、最後にレイトを力強く抱きしめた。

「忘れないでください、これからもレイトさんを過酷な運命が待ち構えています。しかし、どんな時でも私はあなたの味方です。一緒に困難を乗り越えて、最高のハッピーエンドを迎えましょう!!」

「ハッピーエンド……か、最後までゲームみたいな言い回しだな」

「人生こそが一番のゲームですから」

「否定できない」

レイトはアイリスの言葉に苦笑いを浮かべ、これからも彼女と共に現実を生きていくことを誓う。

◆　◆　◆

夢から目覚めるとレイトは頭がぼんやりとしており、自分がどんな夢を見ていたのか思い出せなかった。

だが、不思議と安心感に包まれており、彼は壁に立てかけていた退魔刀に手を伸ばした。

「さあ、行くぞ相棒」

退魔刀を手にしたレイトは清々しい表情を浮かべ、仲間達のもとへ向かった。

原作 カタナヅキ
漫画 南条アキマサ
不遇職とバカにされましたが、実際はそれほど悪くありません？
1~5
Fugu-shoku to Baka ni saremashita ga, Jissai wa sorehodo waruku arimasen ?
不遇職を育て上げ、最強職へ成り上がれ!!
シリーズ累計39万部突破!!(電子含む)
コミックス好評発売中!!
次元の狭間へと転落し、0歳の状態で異世界転生することになった高校生・白《しろ》崎《さき》零《れい》斗《と》。王家の跡取りとして転生するが、生まれ持った異世界最弱の不遇職「支援魔術師」と「錬金術師」が原因で家から追放されてしまう。過酷な世界で生き抜くため、鍛錬の日々を送る中、レイトは自身の職業に秘められた大いなる力に気がつく……。
最弱職からの異世界逆転ファンタジー登場!!
●B6判 ●各定価:748円(10%税込)
Webにて好評連載中!
アルファポリス 漫画
検索

月が導く異世界道中
Tsukiga Michibiku Isekai Dochu
あずみ圭
Azumi Kei
1~18
8.5
シリーズ累計
350万部
(電子含む)
の超人気作!
TVアニメ 第2期
2024年1月から
2クール
放送決定!
月が導く異世界道中
あずみ圭
薄幸系男子の成り上がりファンタジー、開幕!
なんでだろう親の都合で異世界へ
異世界へと召喚された平凡な高校生、深澄真。彼は女神に「顔が不細工」と罵られ、問答無用で最果ての荒野に飛ばされてしまう。人の温もりを求めて彷徨う真だが、仲間になった美女達は、元竜と元蜘蛛!? とことん不運、されどチートな真の異世界珍道中が始まった!
月が導く異世界道中
1
あずみ圭
木野コトラ
とことん不運、されどチート!!
29万部
2期までに
原作シリーズもチェック!
●各定価:1320円(10%税込)
●illustration:マツモトミツアキ
1~18巻好評発売中!!
漫画:木野コトラ
●各定価:748円(10%税込)●B6判
コミックス1~12巻好評発売中!!

◉定価：1320円（10%税込）　◉ISBN 978-4-434-32938-8　◉illustration：星夕

この作品に対する皆様のご意見・ご感想をお待ちしております。

おハガキ・お手紙は以下の宛先にお送りください。

【宛先】

〒150-6008 東京都渋谷区恵比寿4-20-3 恵比寿ｶﾞｰﾃﾞﾝﾌﾟﾚｲｽﾀﾜｰ 8F
（株）アルファポリス　書籍感想係

メールフォームでのご意見・ご感想は右のＱＲコードから、
あるいは以下のワードで検索をかけてください。

アルファポリス　書籍の感想　検索

ご感想はこちらから

本書はWebサイト「アルファポリス」（https://www.alphapolis.co.jp/）に投稿されたものを、改題・改稿、加筆のうえ、書籍化したものです。

不遇職《ふぐうしょく》とバカにされましたが、実際《じっさい》はそれほど悪《わる》くありません？８

カタナヅキ

2023年　11月30日初版発行

編集－芦田尚
編集長－太田鉄平
発行者－梶本雄介
発行所－株式会社アルファポリス
〒150-6008 東京都渋谷区恵比寿4-20-3 恵比寿ｶﾞｰﾃﾞﾝﾌﾟﾚｲｽﾀﾜｰ8F
TEL 03-6277-1601（営業）　03-6277-1602（編集）
URL https://www.alphapolis.co.jp/
発売元－株式会社星雲社（共同出版社・流通責任出版社）
〒112-0005 東京都文京区水道1-3-30
TEL 03-3868-3275
装丁・本文イラスト－しゅがお
装丁デザイン－AFTERGLOW
印刷－中央精版印刷株式会社

価格はカバーに表示されてあります。

落丁乱丁の場合はアルファポリスまでご連絡ください。

送料は小社負担でお取り替えします。


ISBN978-4-434-32317-1　C0093